猴子・罗汉池

袁哲生中篇小说合辑

袁哲生 著

四川人民出版社

目录

代序　时程的反证

文／童伟格

　　我认识小说家袁哲生，是他辞世前四年的事。那时，他刚到男性时尚杂志《FHM》担任主编，而我，则是一名还毕不了业的大学生。他找我去，加入供稿的写手群。我们偶尔见面，见了面，就一起灰扑扑地抽闷烟，很少说话，更少认真讨论所谓"文学"。主要因为这事，有点像是各自心中隐私，令人害羞，不好光天化日谈，除非，是用自嘲的语气讲。他交代工作指示时，也总是清爽扼要，不耍弄玄虚，不太夹带个人感想，大致，就是从我已缴的稿件中，圈出具体段落，要我改得更明了，或删得再更简短些。

　　这类指示听来容易，做起来才知道艰难。因当时，我工作内容之一，是去图书馆翻报纸社会版，从中择取旧闻，重新叙事，集组成稿件。在绝不容许虚构的情况下，改写与删修，就有点像是在局限格框里，不断琢磨素材的工匠细活了：你必须用字经济，但行文却仍直白口语地，将一件事的来龙去脉妥善描述，且描述自身，还必须焕发一种洞穿事理荒谬性的幽默感。更重要的是，面对种种世情，叙事者你必须保持绝对冷距，接近声色不动。

我明白袁哲生的认真，是在他的标准并无二致：在技艺层次，他怎么要求自己的创作，就怎么要求写手稿件。不，说来，他对待自己，当然还是比对待写手要更严苛许多。写手在闯不过关卡时，尽可以软烂耍废，说主编我尽力了，好不好就这样刊出吧，小说家则没得跟自己推托。且残酷的总是，也不是他自觉尽力了，小说就能趋近理想了。

也是在那时，我读完所有他已出版的小说集。我理解且敬佩，因这必定是十分费力的书写实践。因袁哲生的美学原则，是用白描修辞，留白不可言说的，这使他的叙事，总有一种一再打磨叙事的严谨质地。而这般锋利的叙事，却是为了重现一种敬远：不可言说的，他依旧不会在小说里轻率表述，或僭越角色去发声。这种自我节制，使他的小说，为读者总体封存一种近触存在本质的体感。我猜想他的书写，像是一种指认，或体验的原样奉还，帮助我们，实历我们必然常习，但却始终失语的真确感知。一如所谓"孤独"。

　　也于是，就技艺层次而言，一方面（一如这句我们熟悉的老话：在卡夫卡之前，我们不知道"孤独"是什么），袁哲生就像所有优秀现代小说家，尝试凭借个人语言劳动，孤自潜入存有的幽暗处，像一名最专诚的翻译者，以小说，译写出午后雨点，盛夏蝉鸣，与一切景象，所共同亲熟的本质性悲伤。使长久埋伏的，在小说里恍然兑实。另一方面，当这种纯粹悲伤，漫漶小说里一切人事时，袁哲生总使日常细节，对我们而言再度陌异了：因为袁哲生，我们竟不可能确知，人世里，什么可以"不孤独"。

　　阅读袁哲生，因此意味着在亲熟与陌异的感受间拉锯。这种很具张力的矛盾，也体现在他对"小说"一事的伦理设想上：一方面，他锻炼书写技艺，磨成解析度极高的叙事能力；另一方面，如上述"敬远"，或"自我节制"，他追求的理想文体，却是一种必要藏起个人风格的，仿佛浑然天成的晶莹介质，可用以绝无杂讯地拟像。这是说：这位卓然有成的小说家，事实上，将自己全心投入的艺业，与艺业中的自己，皆看待得十分逊退。

　　收录于本书的五篇小说，原初，是在2003年时，分作两部小说集出版：《雨》与《猴子》两篇，收录于《猴子》一书；《月娘》《罗汉池》与《贵妃观音》等三篇，则收录于《罗汉池》。很明确，依袁哲生的规划，这是两组小说系列连作，结构概念上，如同他在《秀才的手表》（2000）里，所发展的"烧水沟系列"小说。

《雨》与《猴子》既是全新系列，也有总结袁哲生之前书写探索的意义。在《秀才的手表》全书中，最静谧抒情的篇章"西北雨"里，袁哲生笔下的"我"，在学会说话前，"就像一台不用插电的录音机"，敏锐默记周遭声响。"我"的父亲"外省的"因军职之故，每隔七天方能搭火车，从远方回来探看"我"。他怀抱"我"，散步烧水沟。整个段落，如是形同画卷，由一路听闻的"我"，徐徐开展父亲无声的在场。"我"，且将父亲多次回返探看，叠合为永恒一日，直至最后，当"西北雨刚刚下过"，父亲死讯竟亦如一则远方讯息，由"我"听取。"我"开口回应，静谧旧日随之塌陷，烧水沟，就"再也不是从前的模样了"。

整个"西北雨"篇章，微型展现袁哲生过往最核心的小说技艺：当不可能的观察者"我"，以不介入之姿，缩小自己形同不存时，"我"的叙事语调纵然依旧疏离，但疏离的观察位置，悖论地已然消失。"我"，溶入"我"所记闻的涌动景象里。"我"的人世记闻，于是带起一种全新的感性。

同样逻辑，《雨》开始且结束于"下雨了"这同一句子，如同落实了"西北雨"篇章中，从未实写的雨景，且也收纳父亲行过的烧水沟，拓扑为更多"外省的"聚居的眷村地景。'我"在眷村里，独自贴眼看雨。"我"，如同袁哲生小说里的许多寂寞之"我"，在淡泊中敏锐感知一切。更重要的是："我"仍在静止般的蒙昧童年里，如裸命一条，如蕈菇或游魂，得以安享藏身于角落的宁静。直到再一次，当"我"察知人世的伤逝，开口说话那刻，"我"无可挽回地，被卷入"我"已长久观望的生命雨瀑中。

童年，在袁哲生笔下，已是人获有生命以后的伤停补时（stoppage time），再之后重启的时间进程，无非又是重新的苦痛。时间之伤，不因童年之"我"，对伤害一无预期，而其实，是因"我"的漫长预期，不能阻挡暴力必要再度侵临。袁哲生建构的，深邃的反启蒙叙事，在《猴子》里，获得另一生命阶段的检视。在同一眷村里，那同一个"我"进入情欲萌芽的青少年时期。一方面，残酷的暴力，被袁哲生远隔于叙事之外，如小说中，梁羽玲如何被父亲送给友人（预备养大为妻），如何返回，可能经历如何的通过仪式，方得到同侪庇护等等细节，小说尽皆留白。另一方面，暴力却又极其残酷地，裸裎于那只被圈养的猴子，当定期发情时，所遭受的体罚细节中。

袁哲生以交错焦距，支起整篇小说的繁复语境，使残酷本质令人瞠目无言，又使暴力行径，表露在人人日常的举措里。在这语境中，"我"怀想一个"多么无聊而愉快的夜晚"，想着，如果能留驻时光，如永不开窍的混沌，"如果没有阳光，这个世界多么美好"。然而，再一次，这内向早熟的心灵，只能迎向自己早有预期的失落，之后，在仍然年轻、未来犹然迢远的彼刻，感觉自己事实上，已经"没有更重要的事了"。小说里，日常一刻骤然重如千钧。袁哲生笔力醇粹，而这个系列，确是他小说美学的代表丰碑。

三篇"罗汉池系列"小说，则进一步归整袁哲生自"烧水沟系列"以来，对乡野传说类型写作的持续探索。就此而言，李永平的《吉陵春秋》（1986），更明确是他借鉴的对象。袁哲生本意，不在审酌小说里，这般封闭的生活形态，是否必然只能如此封闭，别无其他出路，而是企图以因袭生活的众生相，示现循环时间的完成，或终结。如我们所知，在小说中，当小月娘走上母亲月娘的旧路，建兴仔继承雕刻店，克昌仔奉老和尚之令剃度；当新生代完美地，填补上旧世代的位置时，传说结构已然自足弥合。

这类对位结构所碰触的主题，不免是人的自由意志，与人之宿命性的冲突。以希腊悲剧为例，理论家伊格顿（Terry Eagleton）即主张："最杰出的悲剧，反映了人类对其存在之基本性质的勇气"。这是对自由意志的价值认纳。他接着判定，悲剧的"源头"，"是古希腊文化中认为生命脆弱、危险到令人恶心的生命观"。他描述这群作者置身的，宛如布满暗雷之战区的现实世界，在其中，"虚弱的理性只能断断续续地穿透世界"，而"过去的包袱重重压着现在的热情志向，要趁它刚出生时就把它掐死"，于是人若"想要苟活，惟有在穿过生命的地雷区时小心看着脚下，并且向残酷又善变的神明致敬，尽管祂们几乎不值得人类尊敬，更遑论宗教崇拜"。

现世这般难测，行路如此艰险，这群作者为何还能稳确创作？为何不放弃直面那些永无答案的问题？对此，理论家小结，"或许，惟一的答案只存在面对这些问题的抗压性，以及将它们化为艺术的艺术性与深度"。

对比伊格顿描述的天人交战，则我猜想，袁哲生借"罗汉池系列"所创造的最深刻悬缺，其实是诸神的隐匿。在他笔下，众生皆低眉垂首而活，重压他们，使他们扼杀个人热望，放弃追求更可喜之生活的，毋宁是人世里的情感绊结。袁哲生表述了一种深情的退让：因为不忍离异亲者，人选择认命；而总在退让一刻，人对彼此，展现了近于神的质地。

也于是，借着拟写一个恍如神境之倒影的人世，袁哲生依旧孤自参详，且认纳了"人生实难"的基本事实：同对此基本事实，人与人竟已无可冲突。在这倒影世界里，"一生最大的心愿便是建立道场，弘法利生"的老和尚，一生仅能暂以民宅为寺，且寺内并无佛像。而仿佛是为倒逆时程而来，赎偿此缺憾，小月娘等人，终以一生绊结，粹聚成华丽绝伦的观音像。然而，这般对个人而言，形同偶然、难再重复的粹聚，也只能湮没于纷至沓来的时间洪流里，成为无人知晓其缘由的古物。人世终尔无伤无逝，无有索引。

这可能是作为小说家，袁哲生最复杂的善良：他对笔下人物的始终哀矜，不轻易评价，极可能是因就他看来，去叙事，去指认一段逆旅期程此事本身，不免已然预告一种论断，无法，不指向必将坏空的时间之劫。面对人之无法改写的共同宿命，写作，使写作者益发自觉渺小。这里头，甚至可能不存在着理论家所谓的，"化为艺术的艺术性与深度"的个人超脱。袁哲生书写，因此有其格外令人动容的反书写征状。

一段时日，我思量关于上述书写技艺审酌，与伦理设想间的关联，猜想其中的深刻丰饶，与显在矛盾，心中于是也不无疑问。我在想，在虚构世界里，为何"作者僭越角色去发声"此事本身，对他而言，是必不可犯的禁令？作为作者，他会不会太过谦抑？因为，以他的书写能力，倘若这预设禁令并不存在，他会不会写得更放松，更自得其乐？

也因以现代小说的尺度看来，明快切入角色内心，去剖析，去猜测，去提出假设并再次推翻，恐怕是作者必要犯的险。这类犯险开放的，可能会是更有效的辩证，或对话，使我们不总是将存有的幽暗，闭锁为诗意空景。也使人的所谓"宿命性"，在我们以"小说"命名的这种文学体裁里，获得更多面向的讨论。伦理上的提问是：一位悲悯善谅之人，有无可能深涉与深解人间难免之恶？艺术上的提问则是：会不会正因为我们太过谦逊，所以我们无法在创作上跨越自我设限，再更远行？

这类大而无当的疑问，主要还是提问给作为学徒的我自己。我寄存心中，暗自思索，从与他相处伊时，直到现在。从2004年，袁哲生离世算起，一个十年过去，第二个十年将半，对心中疑问，我没能找到更好解答，但是，袁哲生的作品，我还是反复重读，像是重新辨识一个坐标，或一个能静止躁动时程的宝贵反证。这部书，因此既是一个终点，也是一个更其恒远的起点。因袁哲生书写，已在台湾文学史划下一个平宁安定的刻度，是新一代创作者，私淑与临摹的重要文本。他的不可能隐秘的缺席，属于这些文学从事者，共同珍重的过去与未来。

猴子 ——

雨

下雨了。

先是一颗、两三颗，然后便是一张网似的撒下来。

我赶紧走到奶油色的木窗格边，踩在一个铝皮水桶边沿上，小心翼翼地保持着平衡，以免像一滴水珠那样从天上摔下来。

外边一个人都没有，我早就知道了。

我把额头贴在清凉的玻璃窗上，圣诞红的大片叶子在雨滴的空隙间惊慌地闪躲着，最后还是湿透了、绿透了。十几道圆润的小水柱从波浪瓦上溜下，流进墙脚边的小水沟里去，细细的泡沫渣子浮上来，挤在一片野茉莉的落叶边上。

这是村子洗澡的时刻，窗外的世界浸在一杯冷开水里。

冰箱的门被母亲拉开，一把白面条放在洗手台边，塑胶袋上起雾了。

　　我回过头，母亲将手伸进我的胳肢窝，把我举起在半空中。这是母亲最后一次抱我，我用手勾住她的颈背，她说："下来，你太重了。"

　　屋内安静无声。

　　母亲说我太静了，像个女儿。

　　我喜欢跟在母亲身旁，跟着母亲上菜场交会钱；跟着母亲提一桶衣服去院子里的石榴树下搓洗；或是去阿霞的裁缝店里说悄悄话，去隔壁村的诊所拿药、打针。

　　母亲说我太静了，像个女儿；她问我为什么不出去玩？为什么不吵着买玩具，像对门的荣小强那样赖在地上打滚哭喊？

　　我有玩具的。

　　这张黑白照片上记载得清清楚楚的：我蹲在一丛香蕉树旁的小径上，怀里兜着一个短头发的洋娃娃，娃娃斜躺着，半阖着眼珠子。土黄色的一截小路上，稻草色的香蕉叶，咖啡色的塑胶眼珠子，半阖着。

　　父亲说我擅长等待。

　　陪母亲串门子，我从不曾吵过要回家；父亲说家里没钱买新衣服，我就再等一年；诊所的黄医官心疼我长得矮

小（其实是因为我长得难看），我等他忘记……我珍惜所
有等待的时刻。

我等待。

我有玩具的。照片上的洋娃娃不是我的。

那天，梁羽玲的爸爸梁包子带着她穿梭在村子里的每
一个角落，用那台借来的相机给他漂亮的女儿拍照。村子
里所有的小朋友都跟去了，梁包子不知从哪里弄来了一套
结婚典礼上才看得见的白纱礼服，把梁羽玲打扮得像个花
童似的。拍照的时候，梁包子指挥着大家靠边站，不要遮
住了梁羽玲身上的阳光；当他用粗壮的手臂掐住相机调整
镜头时，荣小强用手指头架在嘴巴上叫大家安静，另一手
还举起一支塑胶棒球棍往那些踮起脚跟努力探出的小脑袋
上狠狠地敲下去。

照完了一张又一张。梁羽玲站在竹篱笆前，梁羽玲坐
在秋千上，梁羽玲靠在大红木门上，梁羽玲躲在大榕树的
树瘤后面露出半张脸，梁羽玲侧坐在油亮的青草地上，白
纱裙摆、小红靴……

梁羽玲一直抱着短头发的洋娃娃。

终于，梁包子把村子的每一个角落都照遍了。为了把

一卷底片照完，梁包子想到了一个比较省力的方法，就是叫梁羽玲站在郝姑姑的丝瓜棚架前面，然后像一个模特儿那样摆出不同的姿势。

梁包子要梁羽玲交叉两腿，像一个小淑女把两边的裙角提高，再把下巴吊起来。

梁羽玲不肯放下手上的洋娃娃。

梁包子上前把洋娃娃一把揣下，然后转向我们，用他粗大的嗓门命令道："拿着！"先是荣小强嫌恶地吼出一声："耶——"然后，所有的小朋友都争先恐后地退到一个不可能接下洋娃娃的位置去，除了我。

"拿着！"

我接过洋娃娃，连忙蹲了下来，以免遮住了梁羽玲脸上的阳光。

"羞羞脸！"荣小强带头喊着。

"羞羞脸！！！羞羞脸！！！"其他的同伴也帮腔起来。

梁羽玲委屈地提起一点点裙角，咬着下唇。

"笑，笑啊，笑啊！"梁包子稳稳掐住相机的脖子喊叫道。

"羞羞羞！！！不要脸——"荣小强他们很有节奏地喊

叫着。

"小王八蛋——"梁包子发火了，他放下相机转过身来对荣小强他们骂道，就在这个乍然安静下来的瞬间，所有的人都听到了梁包子一不小心按下快门的一声"咔嚓"。相机正对着我，我甚至可以看见自己，在那个墨黑的小圆镜里。

照片上的我蹲在一条贫瘠的黄泥路上，干燥的路面凹凸不平，尖锐的石块像碎裂的大腿骨从地底下刺出来。我把洋娃娃兜在怀里，眼露惊恐地仰望着前方的天空。

我有玩具的。

梁包子一家人搬到村子来的那一天，我和荣小强都跑去看了一整个下午。

一大卡车的家具杂物稳稳地捆在车上，梁包子比搬家工人还有劲，一台大冰箱上了他的背，他粗短的双臂往后倒扣着，像只大蚂蚁似的开步走去，在一旁看着的人仿佛比他还吃重些。为了多看梁羽玲几眼，我也跟着荣小强他们抓个竹篮子或是抱个大枕头忙进忙出的。后来，我们发现，只要我们搬的东西里有梁羽玲的衣服或书本什么的，她就会跟在那个人的后面，一直盯到我们把东西稳稳地放好为止。这是荣小强先发现的，他立刻把这个秘密告诉了所有的小朋友，于是，大家对于自己要搬的东西便挑剔了起来。

我们来帮忙是为了看梁羽玲，大人们也有来帮忙的，后来我才知道，他们也和我们一样，只不过，他们看的不是梁羽玲，而是梁羽玲她妈妈吕秋美。

梁羽玲家住在巷尾，我们家和荣小强家住在巷子中间，门对门。

梁包子一家人天天从这两扇门经过。

"人家吕秋美也不是天生下来就好看了，梁包子真舍得啊，不到一个月，人家已经在阿霞那儿量了七八套洋装了……"荣小强他妈妈来家里喝荔枝酒，午后的阳光把桂花盆景里的砂子都晒出盐了。荣妈妈用手指头从大玻璃杯的底部抠出一粒泛黄的荔枝来放进嘴巴里，"哪像我们家那个小气巴拉的，没见过世面。"

"没有啦，不到七八套啦，五六套，不到，不到。"母亲也仰起头来呷一口酒，一颗核小肉薄的酒荔枝滚进了她的嘴里，"我们家这个也是，成天只会打算盘，没两个钱在那里转啊转的，一头热，算进不算出……"

父亲房里的收音机传来一阵急躁的板胡声，鼓点紧密得像锅底的小气泡似的。母亲和荣妈妈相视而笑。她们笑的是那叮叮咚咚的鼓点之间，父亲灵巧的手指正在拨动算盘珠子的碰撞声。这是我们家最稳定的一种声音，一年四季，父亲总是抚弄着那把特大号的算盘，像弹奏古琴似的拨出一长串无人能解的音符和节拍。算盘珠子不疾不徐地在油滑的竹骨上往返着，圆润的珠子穿上穿下，叮叮咚咚……

下雨了。

我和荣小强在梁包子的大木桌旁看他揉面团，大木桌有我们的肩膀高，我们仰着下巴，看梁包子粗短有力的手指头掐在雪白的面皮上，凹下的面团轻轻地躲开，立刻又被梁包子的双掌给收拾了，静静地躺在大木桌上，像一只刚刚死去的大白鹅。

"滚开，滚开，刀子不长眼，滚一边去！"梁包子抽出一把笨重的大菜刀，刀背有我们的指头粗，他要表演削萝卜了。

"滚开，滚开，包子不长眼，滚开哟！"荣小强冲着我喊道。

"小王八蛋。"梁包子斜睨着一双圆圆的小眼睛，一面舞弄着大菜刀板在白萝卜上刮下又薄又长的一层皮，削了一半，拦腰斩下，发现是个空心大萝卜，接连着咚、咚两声便给扔进了铁皮垃圾桶里去。

"好——可——惜——哟——"荣小强把下巴架在大木桌上，嘴巴一开一阖像只吴郭鱼似的惋惜着。

"可惜什么？大陆那么大都丢掉了，还可惜个屁！"梁包子打开冰箱门，抽出另一个带绿梗的白萝卜来。

又细又薄的萝卜皮像雨丝飘下。

雪白的面团在一只铝皮洗脸盆里沉睡着，上面盖了一层厚厚的白纱布。梁包子不准任何人碰他又嫩又白的面团。

窗外，雨丝密密麻麻地飘下来，打在木瓜叶上，流进蚂蚁窝里。鱼灰色的瓦片上流下一串串的水珠子，浇在墙脚边的一层青苔上。

梁包子把一块精肉放在一截大树干做成的圆形砧板上，用两把大菜刀一左一右地剁起来，又厚又亮的刀刃哗哗落下，不一会儿，就剁出一摊肉泥来。梁包子把肉泥刮进一个大海碗里，往里加盐，加酱油，然后捞起来，朝碗底摔。

"梁包子，二十个豆沙包，二十个听到了没？"村子里的男人，只有庞干事会在这个时候来买豆沙包。他跨骑在一辆单车上，一手拄着把黑雨伞，一手推开梁家的红木门，朝门里喊道："梁包子，快点，二十个，赵参谋待会儿开会要我给他送过去！"

梁包子抹掉手上的肉屑，瞟了庞干事一眼，数了二十五个豆沙包卷进报纸里去。

"快什么快，赵参谋是你老子啊，我他奶奶的是梁司令。"梁包子淋雨走到门口把包子塞进庞干事斜背在胸前的绿色帆布袋里去。

"记我的账。"庞干事很别扭地把一个圆鼓鼓的帆布袋护在雨伞下，踮着脚尖把单车掉过头来。

"记你老子的账也行，跑得了和尚跑不了庙。"梁包子伸出粗短的手掌，用食指和拇指围了一个小圈儿，在嘴边比了一个喝酒的模样，"来不来？烧了黄鱼等你。"

"就中午？喝两杯你就成了天王老子啦？"庞干事不置可否，冒着斜雨往巷口骑去。

"喝两杯老子连天王老子也不干了！"梁包子心有未甘

地在庞干事溅起水花的后轮胎上甩了一句。

趁梁包子还未进屋里来，荣小强很利落地把铝皮脸盆上的白纱掀起一角，用指头在渐渐鼓胀的面团上抹一家伙，然后伸进嘴巴里："好香哟，该你了。"

梁羽玲和吕秋美都在房里，只有我看见荣小强动了梁包子的面团。

"快点啊，该你了。"荣小强急了。

我把手背在屁股后面傻笑着，摇摇头。

"回家吃饭去，该回家了，小王八蛋。"梁包子走进屋内冲着荣小强和我喊道，他穿着一件灰色的短裤头和泛黄的白背心，腰间扎了一条宽大的军用皮带，雨珠从他的短发间流淌下来，看起来像一个满身大汗的举重选手。

回家吃饭的时候，我一直想着梁包子的黄鱼。

吃完饭，我和荣小强很有默契地，像两只蜻蜓般回头又飞进了梁包子的客厅里。

午间电视新闻刚刚播报完，梁包子的小瓶高粱还有半瓶，大茶几上的黄鱼也还剩下半条。

庞干事没有来。

梁包子要开始喝酒了。他扭开瓶盖，在玻璃小酒杯里倒了五分满，轻轻呷一口，然后用象牙色的塑胶筷子叉起一小块鱼肚伸进嘴巴里，嘴角渗出一抹油来。

"唉——"梁包子用舌尖把嘴角上的一层油收拾了，然后像一个圆圆胖胖的、正在漏气的瓦斯桶似的发出一声由小而大、由近而远的叹息声，脸上露出陶醉的表情。

"呕——"荣小强踮着脚尖猫近梁包子，把他的小脑袋伸到梁包子的耳朵旁，像一只大蜥蜴。

梁包子微微睁开一只眼，瞟了荣小强一下，又闭上。

空气中漂浮着半尾散发姜丝味的黄鱼。

绿油精的广告。"绿油精，绿油精，爸爸爱用绿油精，哥哥姐姐妹妹都爱绿油精，气味清香绿油精，当当当当当，当当——"

梁包子打鼾了。

荣小强拉着我的衣领往屋里寻去。

梁羽玲在她的小木桌旁贴纸花。她的小手掌穿进一把大剪刀里，从一张红色的蜡光纸上剪下一朵高脚杯形的花朵，然后放下剪刀，在纸花的背后仔细地抹上薄薄的一层文山糨糊，用嘴轻轻吹了几回，才贴到一张八开大的白色图画纸上。

荣小强隔着绿纱门对梁羽玲做鬼脸，梁羽玲转过身去背对我们。荣小强还不打算放过梁羽玲，他走近纱门边，用两只手爪子在纱门框上刮出干涩的声音，嘴里还学着电视上的竹林鬼哭声。

"呜～～呜～～"

梁羽玲低着头走到门边，脸颊上冒出了两朵粉色的花晕，把门掩上。就在门快要完全封起，只剩下一小条缝隙的时候，荣小强突然把整张脸按进一格纱门里，发出一串亲嘴的啵啵声。亲完了，荣小强的脸还埋在纱网上来回滚了又滚。

"唉——"荣小强把脸蛋拔起来，回过头朝我眯着眼笑，他的脸像一张世界地图的草稿，布满了密密麻麻的小方格眼。

我看着荣小强的脸伸出舌头来傻笑着。

"嘘——"荣小强用食指挡在嘴巴上，然后扳着我的脖子，把我按在洗石子地板上。

荣小强在前，我在后，我们像两只大老鼠般趴在地上往吕秋美的房门口摸去。

吕秋美的纱门后面吊了一块蓝碎花的布帘子，房间内传出那台大同电扇嘎嘎转的颤抖声，电扇转到纱门这头时，布帘子便被一股热风翻开一小角在半空中软弱地飘浮着。吕秋美的脚很白，除了脚背上几条靛青色的血管，和脚趾上的桃红色指甲油外，便是一味地白，荔枝色的白。一件薄纱的无肩洋装从半空中降下来，在吕秋美的脚边围了一圈，一只脚被提了起来，重心有点不稳，然后另一只脚也跨过衣服，并且顺势用脚尖把它给勾了起来。荣小强和我都用力捂着嘴巴。

木头衣橱的门被拉开，又阖上。

另一件淡蓝色荷叶边的上衣降了下来，电风扇又转过去了，布帘子的一角快要掩盖下来时，荣小强把嘴巴凑到纱门边上鼓起双颊往里边吹气。

我们用手指头把嘴唇夹住，差点笑出声音来。

吕秋美换了一件又一件。

吕秋美要洗衣服了。

我和荣小强赶紧划动手脚，摸回客厅里去。

梁包子鼾声还很响，很匀。

梁羽玲的房门掩得实实的。

黑白电视荧幕上一条水平的杂讯规律地由下往上卷

动着。

陷在桌缝里的白面粉。

姜丝味。

浴室里的水龙头被开到最大，往澡盆里哗哗地冲。吕秋美有洗不完的衣服。梁羽玲有剪不完的纸花。梁包子有喝不完的酒。

我和荣小强有用不完的时间。

荣小强坐在梁包子旁边的木手把胶皮沙发上，用手去掐白瓷碗里的油花生吃，一面吃，一面看电视。画面上的波纹跳得厉害时，荣小强很利落地从大沙发上弹起来，毫不犹豫地在电视机的脑袋瓜子上捶一家伙。

梁包子的眉毛挑了一下，鼾声暂停了五秒钟才又接上。

雨停了。

梁包子推着他的大单车准备卖包子去了。临出门前，我和荣小强照例给赶了出来。

梁包子家的红木门被密密地关上了，大单车的屁股上驮着一只白漆底掀头盖的大木箱子。

豆沙包2元

猪肉包3元

高丽菜包2元

光复神州

白底红漆的几行小字，歪七扭八，写得真丑。梁包子往巷口骑去，经过巷口墙边的一大丛九重葛时，大单车转了一个漂亮的弯儿，像一架军刀机从眼前滑过、消失。

梁包子走了。我们立刻转过身去，大木门吱呀一声被四只手给推开，围墙边上的两盆七里香被雨水淋得油绿泛光。荣小强扳开信箱上的小铁丝，脑袋凑上前去，看见里面空空的，再把手掌探进去上上下下搅了几圈，确定没东西了，才把手抽回来。

一只瓜子肉酱的空罐头兀自在小水沟里生锈着。

荣小强带头走进客厅里去，扭开电视机的开关。荧幕过了一会儿才亮起来，画面上数不清的细点像一盘黑铁砂似的。下午没有电视节目，我们早知道了。

屋旦有四个人，没有人关电视。

电视的沙沙声像一阵阵新鲜的空气，带着一股雨水渗进空心砖里漫出来的味道。

我跟着荣小强跑进厨房里去打开冰箱拔龙眼吃，吃了龙眼，再灌冰开水，冷冻库里厚厚的一层冰苔也被我们用手指抠下来抹进嘴巴里。

我们回到客厅里下象棋，半盘的暗棋，可以连吃连跳，一会儿就杀个精光，一盘接着一盘。

茶几上的油花生被荣小强一颗一颗地解决了，他拿了空碗走到厕所那头："梁妈妈，我要吃花生。"

吕秋美甩掉手上的水珠，用一条军绿色的毛巾把手抹干了，又给荣小强倒了满满一碗油花生。

然后，果然如我所料，荣小强要耍赖了。他说我动了他的棋子，原先的黑士少了一只。

"我没动。"

"你有。"

"没有。"

"有。"

"有就有。"

"重来。"

"重来就重来。"

于是抹了棋子重来。

我们早就知道要重来了。

纱门被轻轻推开的声音。

梁羽玲从房间里走出来，她往厕所走去，我们也跟上去。荣小强上前说："梁羽玲，你要不要玩象棋？"

没有回答。

我们跟进厨房，看着梁羽玲走进厕所，然后正在洗衣服的吕秋美从大铝盆边站起来，甩甩手，水珠子从她的大腿上一路流下来，穿过膝盖上的皱褶，往下流到脚踝边上，变成一颗小小的水沫子。

吕秋美坐到餐桌旁的圆凳子上，望着窗外发呆。桌上的红花塑胶布上有一碗带皮的大蒜，还有一条湿淋淋的抹布蜷曲着。

面向天井的窗玻璃上有一个大黑点，近看才知道是两只绿头大苍蝇叠在一起，一上一下。

天井里有刺眼的大太阳，可以让吕秋美晒衣服。

我和荣小强无所事事地站在厨房里等待着。

客厅里电视机的画面像一盘黑铁砂吱吱吱地跳动着。

马桶冲水的声音。厕所的门被打开了，梁羽玲走出来，低着头从我和荣小强之间穿过。

"梁羽玲，要不要玩象棋？"这话我在心里很快讲完了，没说出口。

吕秋美又回到厕所里去了，水龙头被开到最大哗哗地往盆里的衣服上冲着。水花溅到她的手臂和大腿上然后流下来，和肥皂泡一起漂到屋外的小水沟里走远了。

我们继续回到客厅里下象棋，连吃连跳的，一盘棋子一下子杀个精光。下完了一盘再接一盘。

油花生还有半大碗。太阳挂得高高的，下午的时间还长得很。

在梁包子家这样耗掉的下午数不清有多少个，一直到有一天，吕秋美不再晒她的衣服了。

我想，我大概是我们村子里最后一个看见吕秋美的人吧。

那天下午，荣小强牙痛没有出来，我一个人吃过中饭依旧走到梁包子家门口。我不敢推开那扇红色的大木门。

过了好一会儿，我听到梁包子推单车的声音，于是便躲回家去。我从家里的门缝瞧见梁包子稳稳地骑远了，才又走出来。

阳光好久，巷口的九重葛开满了紫红色的小花。

梁包子把大门密密实实地带上了。

我坐在梁家门口的水泥台阶上，一股热乎乎的烧烫感从我的短裤底传上来。巷子里一个人都没有，这我早就知道了。

我不匀道自己在梁羽玲家的大门口坐了多久。（太阳烧烤水泥的味道。）隔壁家大得有点不真实的青皮香蕉、芒果静静地挂在高高的枝丫上。

背后的红色大木门突然被拉开了，我吓了一跳从地上站起来。

是吕秋美，她也被我吓了一跳。

"梁妈妈，我找……"我低下头，看见吕秋美穿着一双雪白的高跟鞋。她身上的那件白色两截式洋装也是新的，我还不曾在梁包子家天井的晒衣竿上看见过。

"你找梁羽玲玩？进去吧。"

这是吕秋美跟我说的，或者，跟我们村子说的最后一句话。我抬起头来看了吕秋美一眼，刺眼的大太阳被门上方的水泥板挡住了，我看得非常清楚。吕秋美戴了一支很大的黑色太阳眼镜，头上包了一条宝蓝色底向日葵花纹的大方巾，她的声音微弱而柔软。我很希望她能再跟我多说几句话，可惜并没有。

吕秋美说完这一句话之后，就踏下水泥台阶，往巷口头也不回地走了，留下我和一扇半开的大门。

我看着吕秋美头巾上一团簇拥着的向日葵转瞬间消失在巷口的那丛九重葛后面，过了一会儿，高跟鞋敲击路面的声音也不再传来了。

"你找梁羽玲玩？进去吧。"

吕秋美走了之后，我站在梁包子家门口，脑袋里一直重复传来这个熟悉又陌生的句子。

这次是吕秋美邀请我进去的，因此我不必像平常一样溜进去吧？

但又有谁知道，门不是我打开的呢？

我站在梁包子家门口，很僵硬地把脖子转向巷口的方向。

外边一个人都没有，我早就知道了。

我走到巷口的九重葛旁边，伸手摘了一片嫩绿的新叶，不经意地把它撕成碎片，然后撒在地上。我往回走。

梁包子家的大门没有关上。门不是我打开的。

我走进前院里去，墙脚边的两大盆七里香长得好极了，有几条细枝已经快冒出墙顶了。

太阳好大。

我走进客厅里去，电视机的门是拉上的，有一只大壁虎粘在上面，动也不动的。

小茶几上有半碗油花生和半瓶高粱酒。我没有吃花生。我扭开小酒瓶的铝盖，凑到鼻子前面用力闻了一下，瓶口沾到我的鼻尖，凉凉的。

我走进厨房里去，经过梁羽玲房间的时候，我没有往里面看。我知道梁羽玲在她的房里。我拉开冰箱的门，用手指头去抠冰库里的冰苔吃，吃不完就抹在脸上。融化的冰霜从我发烫的脸颊流到脖子上，我的脖子很脏，随手就能搓下几条油垢来。

吕秋美房间里的电扇没有关，还一直嘎嘎地转动着，转到纱门这头时，布帘子便被一股热风掀起一小角在半空中软弱地飘浮着。

"你找梁羽玲玩？进去吧。"轻轻拉开吕秋美的纱门时，我一直想到这句熟悉又陌生的话。梁包子骑着大单车卖包子去了。梁羽玲在她的房里剪纸花。"进去吧……"

大木床的床脚边有几罐梁包子泡的药酒。人参的长须，海马的卷尾巴，水母一般的当归，交缠如毛线团的雨伞节，鹿茸切片上的美丽花纹，红黑色的枸杞子悬浮在大玻璃罐子里……

大衣橱的木门被我拉开，发出一截干涩的压挤声和冷冷的樟脑味。满满一大排的衣服整齐地吊在衣杆上，一件挨着一件，干净而鲜艳，好像昨天才从阿霞的裁缝店里抱回来的。

梁包子家干净极了，看得出来是刚刚才用心整理过的。厨房的洗手槽里一点菜渣也没有，大木床上的床单被一双细心的手抹平了，像一把竹扫帚从细沙上拂过，留下浅浅的凹痕。

挂衣钉也收拾过了，上头只有一件梁包子的薄睡裤安静地垂挂着，蓝白色相间的直条纹，宽大的裤管上还留着梁包子穿过的形状。

吕秋美不会再回来了。我知道。

那天晚上，梁包子客厅里的灯泡亮了一整夜。

直到很晚的时候，还有很多大人们聚在巷口的那丛九重葛旁边压低了嗓门说话。他们说话的时候眼珠子不时地往巷底梁包子家的大门口眨一下。

父亲的房间里依旧传来算盘珠子叮叮咚咚的声音。那是扁圆形的大珠子在油亮的竹骨上滑动撞击的干脆声音，和昨天没有两样．只是听起来不再那么像是雨声了。

我坐在自己房间的木床上，我等待。

我没有什么可想的。

那天下午和往常差不多，没有什么特别。荣小强牙痛没有出来，梁包子去卖他的豆沙包了，梁羽玲在她的房间里剪纸花．吕秋美头也不回地往巷子口走出去，"进去吧……"

梁包子家被细心地打扫干净了。阳光好大，天井里的晒衣竹竿上一件衣服也没有，我早就知道了。

站在梁包子家的厨房里，我觉得无话可说。阳光好大，好干净。

吕秋美不再洗她的衣服了，我突然觉得孤单起来，好像是最好的朋友忽然转学了。

梁羽玲在她的房间里，她不知道吕秋美不会回来了。

我轻轻走近梁羽玲的纱门，在木条框上敲了两下。

梁羽玲没理我。

　　我又敲了一下，然后拉开纱门。梁羽玲生气了，她啪的一声把手上的大剪刀重重地按在桌上，走到门边，把门关上。就在门快要完全阖上的时候，我把手伸进门缝里，门板重重地夹在我的手掌上才往后弹开一点点。

　　我想，并不是因为痛的关系，不知道为什么，我突然对梁羽玲说：

　　"下雨了。"

猴子

国一升国二的那年暑假，荣小强家来了一只猴子。

猴子怎么来的，已经搞不清楚了，只记得那模样已不是小猴子了吧。

"小猴子配小鸡鸡。"这是荣小强告诉我的。他把猴子的腿向外拉开成八字形，让我看猴子胯下栗色的绒毛中间露出一小截红通通的东西。

像一截发炎的婴儿小指。

令人吃惊的是，猴子的脖子被一条长长的狗链给拴在荣小强房间外的铁窗上，走动的时候，链子就在前院的水泥地上像条铁蛇似的哗哗游动着，那声音听起来怪吓人的，特别是没有月光的晚上，当我独自一人从荣小强家门口经过时，总是不由得加快脚步，仿佛那阵干涩且颤抖的摩擦声会无缘无故地追人似的。

其实，猴子大部分的时间都安安静静的，每隔好一阵子才会发疯似的挣扎起来，闹个大半天。荣小强说这是猴子在发春，就像那些大猫半夜里在屋瓦上干的好事一样，只不过，猴子不会那样像鬼哭丧似的哇啦啦缠叫着，而是像个死刑犯一般拚命揪着脖子上的铁链横冲直撞、摔上摔下起来。闹得厉害的时候，猴子也会跳到铁窗上，双手双脚钩住铁窗全身发抖起来，弯折成弧形的铁链在它的脖子底下抽搐着……

"畜牲！"荣小强他爸爸唾骂一声，便从前院的水龙头上抽下一条塑胶水管往猴子身上无情地抽打起来，打了几十下，猴子还不肯撒手，依旧粘在铁窗格上吱吱地哀叫着。荣伯伯叫荣小强进房里去把窗户掩实了，然后把水管接回到水龙头上，开关扭到最大，再掐着水管往猴子身上猛冲凉水。

水柱哗哗地冲，猴子把头埋进铁窗格里急促地尖叫起来，红红的一团屁股朝外，像一块烧得快熔化的热铁给浇了水，周围涨起一层血紫色，好像还有一阵白烟从猴子背上的毛缝间冒出来。前院的地上积了一层水，仿佛刚刚下过一场大雨。

终于，猴子安静下来了。荣小强抄起墙角上的竹扫帚把猴子从铁窗上打下来，成了落汤鸡的猴子蜷缩在墙脚，仿佛受了惊吓似的不敢抬头望人，方才的那股狂劲完全消失了，看起来就像是一块油黑的湿抹布默默蹲在水槽里。

"王八蛋，见上身了。"荣伯伯用扫帚把前院里的积水扫到大门外去，然后对着猴子咒骂了一声才进屋里去。

荣小强走近猴子身边，蹲下来看了好一会儿，才抬起头来看着我说："发春了，是荷尔蒙的关系。"

荣小强的语气非常肯定，很像是一个老医生的口吻，虽然他跟我一样，只不过是刚刚在学校里的《健康教育》课本上读了一两章生理构造的课文罢了。或许他们学校的老师讲得比较仔细些吧。

荣小强上的是学费很贵的私立中学，我们村子里也就他一个去注了册，大家都说那是一所好学校，老师打得凶。

若瑟中学导师打人的狠劲我算见识到了，比起荣小强他爸爸用水管抽打猴子的模样大概也差不多吧！

刚上国中的时候，荣小强的屁股就被他们老师的藤条给炒熟了，前半学期的晚上都是趴着睡的。这是我妈妈告诉我的，当她说到若瑟中学的时候，因为发音不太标准，听起来像是垃圾中学。我心想，幸好若瑟中学太贵了，我爸爸连算盘都懒得打，就决定我还是跟其他人一样去上公立学校就好了。

那一阵子，荣小强每天天还没亮就得起床刷牙洗脸，换上若瑟中学水蓝色的衬衫，背上海军蓝的书包，顶着一头青皮的三分短发，到村口外搭一个小时的校车上学去。晚上，大家都吃过晚饭，看完晚间新闻，出来到活动中心门口外的大榕树下闲聊了好一阵子，已经有一句没一句地快搭不上腔的时候，荣小强便会在村口出现了。夏天闷热无风的夜晚，荣小强斜挂着大书包瑟瑟缩缩地从村口走进来。

"小强崽，走好啰，今天打几下屁股？"精皮瘦骨的王老五邱叔在藤椅上跷着二郎腿，黑框老花眼镜后面的一双眼珠子阅兵似的目迎目送，盯着游魂般的荣小强打从他面前飘过去。

"还好，不多，今天打得不多，不多。"活动中心对面，杂货店的老板赵老大站在自家店门口，一身酸黄的白背心、橄榄绿黄埔大内裤，挺着大牛肚，摇动一把脏兮兮的塑胶蒲扇对着荣小强屁股上的两坨肌肉下了这个结论。

经过我面前的时候，荣小强吊起眼珠子，在前额上推挤出一排细细麻麻的皱纹，两片嘴唇抿成一条浅浅的缝儿，那个表情仿佛是说："哥儿们今天累了，改天再陪你玩吧！""可怜啊，孩子还这么小，两条大腿还没我的胳臂粗哪！"祁寡妇幽幽地说道。大伙儿听了，也就顺着她的提示往那双包了馅似的膀子望去，的确是比荣小强短裤管底下的一双腿还丰厚些。

荣小强拐进巷子里去之后，活动中心门前又沉静了下来。邱叔挤出一口黄浓浓的痰回头炸在身后边的一株昙花叶子上，然后盯了祁寡妇两眼，一时还找不到话说；祁寡妇将软趴趴的领口往上提了一下，一双短胖的手臂闲着慌似的前后甩起来，愈甩愈用力，且来回走动着，差一点一巴掌甩在我的后脑袋上。我机灵地歪着脖子闪过这一记，祁寡妇不好意思地对我露出一排金牙齿笑了笑，顺势转了身，便回头甩着手往自家大门荡去了。

祁寡妇走远了，邱叔的老花眼镜还没放过那一张大床单似的宽松背影。

邱叔回过头来，看见我在瞧他，便把脸皮抹下来刮我一顿："兔崽仔，还不回家做晚自习去？""看过了，我爸叫我少看一点。"我冷冷地说道。

"放狗屁！看过了再看一遍啊，少壮不努力，下一句是什么听见过没有？"邱叔也似闲着慌了，说着从藤椅上弹起来，学祁寡妇那般甩着手臂回家去了，走出几步，还不甘心地撂下一句："不经一番寒彻骨啊——"

邱叔走了之后，就只剩下另外一个王老五赵老大和我两个人还杵在原地，黑漆漆的木头电线杆上投下一束蛋黄色的光。老母狗玛丽从杂货店的电视柜底下钻出来，走到屋檐下几株种在大沙拉油桶里的玫瑰花旁边嗅了嗅，不满意，又四下绕了绕，最后还是回到赵老大的跟前蹲下两只后腿，安然自得地留下一泡荷包蛋大小的黄尿印在水泥地上。赵老大轻摇蒲扇，斜眼瞪着老母狗玛丽，玛丽也吊起眼珠子回瞪了赵老大一眼，等了一下知道没事了，才夹起尾巴走进屋里去。

赵老大把扇柄斜插进大内裤的松紧带里，走到店门旁的角落取来竹扫把，准备要扫那一圈碍眼的狗尿。正要动手的时候，原本窝在活动中心围墙里的大公狗哈力巴急忙窜上前去，低头嗅起那摊母狗尿来，一身晶亮的黑短毛油光闪闪，在赵老大跟前绕着圈子，把人给挡开了。赵老大见黑狗闻得起劲，索性把扫把收在脚边，看它玩什么花样。

　　哈力巴盯着狗尿转了好几圈，然后才伸出一点粉红色的舌尖舔了一下，若有所思地一时还没有让开的意思。赵老大冷笑了一下，用脚尖在哈力巴高高翘起的屁股上轻轻踹了一家火，哈力巴的屁股像是装了避震器似的立刻又弹了回来。就在哈力巴重又埋首准备再舔一次的时候，赵老大站在大黑狗背后，像个高尔夫球选手把竹扫把高高扬起，扭腰，回转，扫把头箭矢般往哈力巴胯下俯冲而去，啪的一声，哈力巴叫得凄惨，夹起尾巴依依不舍地跑开了，跑出不远处蹲下来舔那痛处，两只眼睛还不时往杂货店门口巴望着。

　　"傻屌。"赵老大哗哗地把狗尿给扫开，又接了一脸盆水来冲了，才踱回屋里去。

　　赵老大关灯之后，哈力巴又夹着尾巴回到杂货店门前的水泥地上低头巡逻起来，一团黑影在一大片水光上四下闻嗅着，迷了路似的。

　　灯熄了，人也走光了，好像一场露天电影的布幕上打出了'再会'之后，我的脑袋里只依稀卷动着一长排演员表上的名字。

哈力巴也倦了，索性坐在那一摊扫过狗尿的水渍上搔痒。

"不经一番寒彻骨啊——"我坐在邱叔的藤椅上发愣，心里却很不情愿地一直想到这句老掉牙的话。

一个人影都没有。我走进活动中心里去，把所有的日光灯都打开。乒乓球桌上凌乱地躺着几个球拍，拍面的软橡皮边缘大都脱了胶了。球网只架了一边，反正我也用不上。

我走到那架破破烂烂的风琴旁，坐到胶皮椅上，把脚掌放到踏板上一左一右地踩起来。靠近风琴背后的那面墙上挂了一幅玻璃装框的鲤跃龙门绣画，鱼身是由蓝、黑双色的小琉璃珠串成的，由下往上看去，可以看见玻璃表面上一层细小而均匀的灰尘。掀开琴盖，我想弹首什么歌儿，可惜我不会，随意按一两个白键，风琴只发出漏气一般难听的声音。

我还不想回家。

这个时候，荣小强应该已经洗过澡，喝过一大杯500cc的克宁奶粉，屁股上也抹过了一层薄薄的青草油，正坐在他房间的书桌旁背着英文狄克生片语和数学二元方程式了吧。活动中心围墙下的一片茉莉花传来一阵甜香的气息。

我盖上风琴的键盘盖，发出砰的一声。

只有哈力巳听到了，它从门外跑进来，看见我站在亮堂堂的日光灯底下跟它招手，它想了一下，又掉头走了。

我还不想回家。不是说活动中心的贮藏室里有鬼吗？如果这时有个鬼吐出舌头来吓吓我，或许我就回家了。

这样想着的时候，仿佛贮藏室里真的躲了一个鬼似的。

活动中心里的日光灯管好像也比先前暗了下来。我不知不觉地往贮藏室的咖啡色小木门走去，门扣上有一个小小的铜号码锁，这种锁不知道是谁发明的，看似复杂，其实是最容易打开的一种，只要握住锁头往下一扯，把锁扣扯紧了，再拨动号码环，很容易就可以从手指头上感觉到转对号码了没有。这一招是荣小强教我的，那时候我们才刚上国小二年级。

我把锁头提起来，又放下。还是同样的那个锁，号码我早已背下来了，忘也忘不掉，我想，我是没办法再享受那种凭手感来开锁的乐趣了。贮藏室里肯定也是没有鬼的，外面的世界这么大，鬼凭什么要躲到这么无聊的活动中心里来呢？即使真的有鬼，我也懒得理它，我还有更重要的事哩。

升上国中之后，我只有两件重要的事。第一件是我爸爸再三叮咛的，叫我不可近视。不可近视的原因是我爸要我国中毕业之后报考军校，准备将来可以修飞机，如果近视，便无法通过体检了。因为这个缘故，所以没人逼我看书，我成了全村第一个没有课业压力的国中生，连学校里的老师都为我感到高兴。

第二件重要的事情是，每天夜阑人静的时候光明正大地到梁羽玲家门口晃一晃。

自从几年前那个大太阳天的下午梁羽玲她妈妈吕秋美离家出走之后，我和荣小强便不曾再进到那扇门里去了。

吕秋美离家出走的真正原因没有人说得清楚，只知道她是和当年才升上高三的男学生跑了的，那个男学生的家长也曾经找来过，可是被梁羽玲她爸爸梁包子用两把菜刀给狠狠地赶出去了。吕秋美走了之后便没有再回来过，从此，梁包子家就大门深锁，做好的包子、馒头也只用脚踏车推到远一点的地方去卖，不再和邻居们往来。

　　我曾经听到祁寡妇压低了嗓门对人说道，吕秋美跑了的原因是因为"太年轻了"。我听到这话时年纪还小，距离"太年轻了"还有一大段距离，所以并不懂得祁寡妇说这话时，脸上那副过来人似的表情。倒是邱叔搭腔的那句话令人印象深刻，他说："天要下雨，娘要嫁人，没办法的事啊！"这句话有好长一阵子一直压在我的心口上，压得厉害的时候，我不禁偷偷在心里想象起我妈妈准备再去嫁人的模样来。

　　那时节想什么都别扭，做什么都无聊。

　　除了蹲在梁羽玲家门口揉膝盖的时候。

　　夜阑人静的时候，我走在回家的路上，经过我们家门口的时候连头也不偏一下，继续往前走，走过梁羽玲家，什么也没看到、没听到，走到巷尾了，再折返，才不甘不愿地告回家去。有一次，当我经过梁羽玲家时，听见她从客厅里走出来的脚步声，那是一双柔软的脚掌踏在硬邦邦的拖鞋上的声音，既尴尬又好听。隔着那扇红木门，我站在空荡荡的巷子里听到梁羽玲向我走来的脚步声。

　　我不知所措地蹲下来，然后将手掌放在膝头上揉了起来。我想，万一梁羽玲真的开门走出来的话，我至少可以假装是跌了一跤的样子。

梁羽玲从来没有走出来过，倒是我莫名其妙地在那昏暗的门口揉了好一阵子的膝盖骨，没人来质问我干什么。

直到现在我都还很怀念那个黯淡的光束打在我背上的夜晚。我努力地将手掌按在膝盖上揉起来，看见自己缩成一团的淡影扁扁地倒在路面上，脸颊上火辣辣的好像刚被人甩了一耳光。

那段日子终于还是像国庆阅兵大典的士兵一般踢着正步走过去了，直到某一天，一切突然变得不一样了。

那是在国一暑假的第一天晚上，我在梁羽玲家门口揉了几百次膝盖之后。

那天晚上，梁包子第一次轻微中风，梁羽玲第一次出现在活动中心门口。

梁羽玲走进来的时候，我正在用粗野的脏话抗议荣小强用刁钻的杀球来对付我。白色的塑胶小球喀喀喀地滚向门口，我转身要捡，一句三字经才骂出前两个字，就看到梁羽玲已经把球捞起来，放在手掌心里揉着了。在一双白里透红的手掌上，乒乓球显得脏兮兮的。

没有人想到该说什么。

梁羽玲穿着我们崇德国中的白短袖制服，衣摆下方露出一小截上体育课穿的粉红色尼龙短裤，朝着乒乓球桌的方向走来。硬邦邦的塑胶拖板踩在洗石子地上，发出一串尴尬的挤压声，她轻轻地把乒乓球放回到桌上，球滚了一下，停在球网边上。

"我爸不管我了。"梁羽玲说。

"不管你才好哇。"荣小强持拍的手叉在腰上，站成一个很帅气的三七步对梁羽玲说。

接下来又是一阵的沉默，只有挂在墙上的两具电扇嗡嗡地来回摇着头。

"打球吧。"荣小强说。不知道为什么，荣小强的话才一出口，我立刻就把球拍交给梁羽玲："你们先打吧，我数球。"

于是我几乎数了一整晚的球，眼睛盯着小白点，脖子都快转下来了。我们中心的规矩是一局打七球，荣小强的球技是全村最好的，轮到我的时候，荣小强狂抽猛杀，不到一分钟就把我解决了；对付梁羽玲的时候就完全两回事了，他只轻轻地杵在桌沿上推拍，好像乒乓球会怕痛似的，只见球在桌面上从容地蹦来蹦去，一局球打得老久。

当然，我根本没机会跟梁羽玲打。

怪的是，我觉得这样很好、很公平。我一点都不怪荣小强，要不是荣小强罩着我的话，我早就被伍国恩那票东村的藏在书包里的蝴蝶刀给吓跑了，连活动中心的门都进不了。阿伍是我的同班同学，他罩我是因为买荣小强的账。

荣小强没时间出来混，可是阿伍他们都服他，他们说，我们村子以后还得靠荣小强来出一个大学生。荣小强的功课自然是全村最好的，连在若瑟中学也是名列前茅，我爸常说，他可以先买一串连珠炮等着高中联考放榜的那天给荣小强家送去了。除了活动中心的乒乓球桌，村尾的篮球场上荣小强照样自由进出，阿伍他们都争着要跟他同队。荣小强那时大概一百六十几公分吧，怎么搞得我们看起来像在天边的篮球筐，荣小强从罚球线上冲向前，像是被一只大弹弓飙出去似的，莫名其妙就扳住了铁筐，挂在上头张开腿晃来晃去的，像是给磁铁吸了去。若说下象棋就更了不起了，当我们还在翻半盘的暗棋耍无赖的时候，荣小强就跟杂货铺的赵老大对上全盘的了，而且杀了个平分秋色，棋盘上的棋子都清得差不多了——那年，荣小强才国小六年级、从此，赵老大再不跟他下了。后来，荣小强到若瑟中学去蹲了一年（这是阿伍的说法）之后就更神了，不但能用南胡拉上一段《满江红》，中秋节联欢晚会的时候，还在国大代表周丰秀面前用学校借来的木吉他自弹自唱了一首《让我们看云去》，着实给村子露了脸；我们都听到了，寒毛都竖了起来。梁羽玲也看到了。

荣小强和梁羽玲打了一晚上乒乓球，我觉得很公平、很合理，况且，他还请我们吃冰棍呢！其实，这冰棍应该说是赵老大请的才对。打完球，虽然大家都没流汗，可是照样想吃冰。我们都没有钱，荣小强说不要紧，他去跟赵老大挡一下，说完，就走向杂货铺，掀开冰柜的盖头。我和梁羽玲站在活动中心的围墙后面探出头看，不敢靠过去。

荣小强伸手在冰柜里摸了半天，捞起几个破塑胶袋装的冰棍，又塞回去，其中还有一袋是赵老大的冷冻水饺。

"王八蛋，说了多少次叫你拿快点，冰箱里冷气都跑光了！"赵老大从收银机的小木桌后面叫骂道。

"赵老大，没有酸梅的啊？"荣小强也学赵老大歪着脑袋说。

"怎么没有，瞎了你。"赵老大说。老母狗玛丽从桌底下跑到冰柜旁边来，好像要帮忙似的。

"找到了，找到了。赵老大，我挡三根啊！"荣小强拿了冰棍，盖上头盖。

"没钱还挑哩。"赵老大嘟嚷着。

"赵老大，再挡三颗泡泡糖啊！"荣小强把冰棍塞进短裤口袋里，探出一只结实的手臂，从冰柜后方的玻璃橱上摘下一个圆筒塑胶罐，扭开红色的盖子，狠抓了一把圣诞老人泡泡糖来塞进领口，一路滑到了肚皮上。老母狗玛丽惊叫起来。

"叫春啊！"荣小强一脚踹过去，玛丽机警闪过，迈开两双短腿跑到赵老大旁边，用鼻音幽幽悲鸣起来。

"叫魂啊！"赵老大抓起小木桌上的大算盘往玛丽的脑袋瓜上磕了一记，玛丽逃到门口，抬起头来望着泡泡糖罐，看看荣小强，又回头瞄了赵老大好几眼。

"谢啦，老大。"荣小强说完就向我们走过来，等到我们三个都走进活动中心里，才听到赵老大放了沙哑的一枪："王八蛋，吃你老子的。"然后，荣小强带头，我们三个开始大笑起来，荣小强笑得最厉害，像是抽筋似的赖到了地板上。梁羽玲也笑出了泪光，我看见她的额头上冒出了一层细小的汗珠，脸庞泛起浅浅的一抹潮红，像是颗刚喷上水雾的桃子。我转过头去，学荣小强笑倒在地上，还用手拍打洗石子地板，拍得一手黑垢。梁羽玲的腿和她的脸一般好看。

"起来吧，耍宝。"荣小强站起来说。

我猜我的脸已经红了，所以又赖在地板上蹭了几圈才站起来哈着腰搓手掌，我的手好像被抽了神经的牙齿，一点感觉都没有。

"手好痛。"我说。

"吃冰吧。"荣小强把冰棍分给我和梁羽玲。

"你好厉害哦，荣小强。"梁羽玲说话的口气好像一个幼稚园大班的小女生。

"厉害的可多了。"荣小强抬起下巴，嘴里含着刚啃下的一大口酸梅冰对梁羽玲说，"好不好吃？"

"好好吃。"梁羽玲笑了。

"好吃？让我咬一口。"荣小强往梁羽玲手上的冰棍靠过去。

"不要。"

"那我的让你咬一口？"

"不要。"

"什么都不要，那你回家去。"

"不要。"

"三八阿花。"荣小强得意地笑了

梁羽玲抿着嘴，连大眼珠上的睫毛都瞪着荣小强。她没法儿将嘴角上的酒窝给抹掉。

我呵呵地傻笑着，刚从冰棍上撕下来的玻璃纸在我手心里沙沙响着。

后来，荣小强教我们边吃冰，边嚼泡泡糖，他先咬一口冰棍，然后剥开方形泡泡糖外的圣诞老人包装纸塞进嘴里："我告诉你们，泡泡糖是用脚踏车的车胎做的哟。"

"我跟你们说哦，我爸爸说哦，赵老大的冰棍是用水沟里面的水做的哦——"梁羽玲好像在跟她爸爸说话似的，手上的酸梅冰像一支粉桃色的小旗在我们面前游来游去，还有一弯清亮的齿痕刚开始融化着。

"真的耶，水沟里面的红线虫都还在上面耶！"荣小强把脸凑近梁羽玲的冰棍瞧了一眼，说完，就把手上剩下的一小截冰全部塞进嘴里，然后慢慢地把一支光秃秃的竹棍子从两排牙齿之间抽出来，"啊，真好吃的虫。"

"不要说，不要说啦，讨厌啦，人家不敢吃了啦——"梁羽玲着急地在地板上踩起脚来，发出细碎而柔软的声音，然后赌气似的把冰棍推得远远的，不敢再看一眼。

"不敢吃，我吃。"荣小强话还没说完，便把梁羽玲手上的冰棍攫走了，又快又准。

"哇，水沟水真凉快！"荣小强把整支冰棍含在嘴里。

梁羽玲的脸红到脖子上了。

我转过头去，不敢看那双生气而美丽的眼睛。一口冰，一颗泡泡糖，我贪心地嚼着。泡泡糖混合了冰碴子在温热的口腔里搅拌着，渐渐变涩、变硬，像脚踏车胎一样。

时间已经不早了吧，我们吃完冰棍，就坐在活动中心的洗石子地板上嚼泡泡糖。荣小强用舌头把泡泡糖绷在嘴里，发出又响又快的啵啵声；梁羽玲并拢双腿，两手圈在膝盖上，粉红色的体育裤被白色制服的下摆盖住了大部分。

我觉得无事可做，便站起来闲晃，晃到电扇底下，伸手将连接开关的尼龙绳拉了两下把电扇关掉，关了一扇，又关了另一扇，活动中心变得一点声音都没有了。

"要不要开电扇。"我说。

梁羽玲转过头去看荣小强，右半边的头发从耳后垂了下来。

荣小强站起来，拍拍屁股说："回家吧。"泡泡糖在他嘴里发出干燥的啵啵声。

关掉所有的日光灯之后，我们从活动中心的围墙后面走出来，走到我们家的巷口。在这样的夜色里，突然多了两个人和我一起走到这段路上，我的心里冒出一股从来不曾有过的感受，好像我已经长大了，隔天就要去当兵了。巷口的九重葛热热闹闹地开满了紫色的小花却没有半点香气。我突然怀念起活动中心围墙边上的那一丛茉莉来了，那香气暗暗的、小小声的，好像在说悄悄话。

没有人提议再往回走。是回家的时刻了。

我的塑胶拖板跟上卡了一颗小石子，走起路来割玻璃似的划在水泥地上。我不打算把它挖出来。

我走在梁羽玲的左边，荣小强走在梁羽玲的右边。走到巷子的中段，我经过了我们家，荣小强经过了他们家，或许是被我拖板上的石子磨地声给惊扰了，荣小强家的猴子从门墙后边跃上墙顶，两手巴在墙沿上，上身伏得很低，仿佛预备飞扑而下，脖子上长长的铁链还锁在铁窗上，绷得直直的。

梁羽玲被猴子突来的举动给吓了一跳，她的肩膀撞到了我的肩膀，于是，我的身体就好像缩小了，只剩下了一条脱臼的手臂。

"呸 。"荣小强把嘴里的泡泡糖啐到猴子的胸口上，猴子也不甘示弱地用手去扫，这一使劲，泡泡糖反而沾得更紧了，弄到后来，猴子的手掌、胸毛，和脑袋瓜子上都黏糊糊的像是招惹了一坨强力胶。

"白痴。"荣小强从短裤里又搜出一颗泡泡糖来剥进嘴里。

猴子还蹲在墙顶梳理身上纠缠不清的泡泡糖，梁羽玲笑了起来，我也跟着她笑。荣小强走近墙根上，伸出舌头让猴子看他嘴里的泡泡糖，然后嘟起嘴巴作势要再朝猴子身上发射一记似的；猴子一溜烟窜回到地上去了，脖子上的铁链发出一阵慌张的响声，依旧牢牢地扣在铁窗上，被躲在墙根背后的猴子拉扯成一条斜下的线条。

收拾了半途杀出的猴子，我们继续陪梁羽玲走回家。

猴子一定还在为身上的泡泡糖而苦恼着，从我们身后传来一阵阵铁链刮过地板的摩擦声。

"到了，进去挨骂吧！"荣小强吹出一个好大的泡泡，吹到快没气的时候，用手啪的一声把泡泡打扁在自己的脸上，再撕下来重新塞回嘴里。

梁羽玲没有笑出来，她低头转过身去把门推开一条细缝，白色的衣摆下方露出我们崇德国中印在体育裤后面小口袋上的校徽。

"我爸不管我了。"梁羽玲背对着我们说。

门开了，梁羽玲走进去，塑胶拖板踩在硬邦邦的水泥地上，发出尴尬的声音。门里面暗暗的，客厅的灯没有开，梁包子的脚踏车停靠在一扇窗户边上，车后架上的白漆木箱子还稳稳地捆在上头。

门关上了，锁扣发出干净利落的弹簧声。门后面一片沉静。

"明天打不打球？"荣小强把手圈在嚼着泡泡糖的嘴边向门内说话。

塑胶拖板的声音又响起来，门被打开了，梁羽玲露出半张脸，没有说话。

　　沉默了一会儿，我着急了起来。我在心里面搜集了好几句话想说，譬如："明天早上、中午，或是吃过晚饭的时候在活动中心碰面？"或是"你大概什么时候可以出来？"就在我决定鼓起勇气开口的时候，荣小强说话了："明天早上打电话给你。"说完，荣小强就把门带上了，我还来不及看梁羽玲的表情。

　　"走吧。"荣小强对我使了一个眼色。

　　我们往回走，走到巷子的中段。

　　"明天早上到我们家。"荣小强推开他们家的红木门。

　　"明天要找梁羽玲？"我问。

　　"是啊。"

　　"梁羽玲会来吗？"

　　"当然。"荣小强说完就进门里去，留下我站在我们家的门口，巷子里一点声音都没有了。

　　我没有立刻转身推门回家去。我蹑手蹑脚地，把拖鞋跟上的小石子挖掉了，又走到巷尾梁羽玲家门口。

　　我没有蹲下来假装揉膝盖，这晚，不知哪来的勇气，我直接走向那扇门，仿佛要推门走进去了。我的鼻子差一点就要碰在门板上了，我的心跳得厉害，好像跳到了我的身体外面去替我敲门似的。

"我爸爸也不管我了。"虽然巷子里没有人，我还是说得很小声，小到即使梁羽玲还站在门后面也听不见吧。

回到家里之后，我的心还垂直地跳着。我走进厨房里去，打开冰箱，端出一锅红豆汤，用白瓷碗盛了一碗，坐在饭桌旁安静地喝着。喝完了，我还记得把红豆汤放回冰箱里去，白瓷碗和铁汤匙也都洗干净了，倒扣在塑胶盘上晾着。

隔着巷子，我和荣小强的房间窗对着窗，都在前院的边间上。我走到窗边，看见他房里的灯还亮着，窗户是掩上的。荣小强还在背他的英文单字吗？

我开始整理我的房间，把国小水彩写生比赛的、分不清是朝阳还是落日的八开图画纸从墙上撕下来，揉到字纸篓里去；火柴盒小汽车和断了炮管的坦克模型一起装进一个铁皮的月饼盒，塞到大抽屉底下；桌上散乱的作业本不管三七二十一先阖起来叠成方方正正的一落，还没写的本子压在底下；课本全部往书架上安插，倒着放也无所谓，只留下一本《健康教育》。

我拉开椅子，坐在书桌旁读书。《健康教育》第十四章，女怔生理构造，我读得很熟了。"看过了再看一遍啊！"这是邱叔说的。

书页的插画是一个粗糙的玩笑，一个可有可无的女人的脸，从脖子到脚踝都只用黑线勾出轮廓；肚脐眼下方，卵巢、输卵管、子宫联结如蚁窝的剖面；再下方，是阿伍用小楷毛笔强迫画上的一撮逆三角形的松针；当然，胸前还有一个圆乎乎的英文字母W再点上两个黑眼。画吧，我想，谁画都一样，每个人的《健康教育》课本早晚都是这个样。

夜晚还很长。我的书桌整齐而清爽，桌上摊开着一本书。没有人要求我看书，叫我上床睡觉。

大约过了一个小时，荣小强的房间熄灯了。距离明天早上还很久，明天早上是什么意思？六点是早上，十一点也是早上。

我推开纱门，走到院子里去透透气。薄薄的月色，凉凉的空气，看不见月亮。我在院子里站不到一分钟就稀稀疏疏地下起雨来。

对门荣小强家院子里的猴子也被雨淋了吧，一小节接连一小节铁链刮过水泥地板的摩擦声传过来，听起来好像是某种古老行业的手艺人还在黑静且潮湿的夜幕底下忙碌着。

雨丝渗入干燥的瓦片和地板里，空气中飘散着一股水泥纸袋拆封后的味道。玻璃窗上蒙蒙一层薄雾，绿色的老纱窗像雨后屋檐下的蛛网。我有一张稳重而清爽的书桌，桌上有一叠收拾整齐的作业簿，和一本《健康教育》课本。我没有失眠，因为我根本不想睡。猴子跳到荣小强房间外的铁窗上，又跳下来了，一阵干涩且颤抖的摩擦声像条铁蛇似的哗哗游动着。雨水滴到我的耳朵上，好像在说悄悄话。

怪的是，这么多年过去了，我还一直记得那是多么无聊而愉快的夜晚。一阵细雨过后，空气凉凉的、蓝蓝的，我坐在床沿上看着我的房间，干净而明亮，四面墙壁像是刚刷过一遍清水的宣纸，变得有些透明起来。我还记得当时想了什么，我想到，如果没有阳光，这个世界多么美好。

那天晚上，梁包子第一次轻微中风，梁羽玲第一次出现在活动中心门口。

过了很多年之后，我才知道，梁包子中风之后，自己走回房里去躺在大木床上，不吃不喝一连躺了三天，起床之后，除了左半边身子有点不听使唤之外，照样可以揉面团，骑单车到远方卖包子馒头。

梁羽玲说"我爸爸不管我了"的时候也就维持了那三天。在那三天里，梁羽玲早出晚归，和我们在外面瞎混，我猜想，或许当时她根本就不知道梁包子为什么成天躺在床上、足不出户吧。

我还记得，一连三天，我们都去了同样的地方，做了同样的事情。

早上，我们在活动中心集合，胡乱地打了一阵子乒乓球，等到阳光从毛玻璃铝窗外照射进来，扎了我们的眼睛之后，我们就走出活动中心，开始一整天的游荡。出了村口往右拐，经过几户有大院子的平房之后，过了一个短短胖胖的水泥桥，然后是卖豆浆烧饼的九龙早餐店，接着是没有店号的文具行、修理雨伞与皮鞋的小铺，再来就是杂货铺前的公车站牌、光武新村，和崇德国中了。

经过我们崇德国中校门口的时候，荣小强总是故意将手圈在嘴边，朝着校门内大声喊道："老师好——我是XXX，我的女朋友是梁羽玲——大家好——我是XXX"

荣小强向校园里吼叫着我的名字时，我还一副无所谓的样子，可是一听到"我的女朋友是——"的时候，我就像是一只被雷电追打的野狗般，飞奔到学校围墙外边的大王椰子树下躲起来，我第一次感觉到狂跑时的身体是那么样轻盈，几乎令我兴奋得颤抖起来。我蹲在墙根下喘息，荣小强还在校门口对着正在上暑期进修的班级广播着，说到得意的时候，还摆出几个李小龙的功夫架势。

一阵惊慌之中，梁羽玲也逃到我的身旁，蹲在大王椰子树下。坦白说，我觉得愉快得不得了，我差点就想告诉梁羽玲说，我觉得我是一个短跑的天才，照我刚才逃窜的速度来看，我一定可以在市运会上为学校夺得一面金牌的。

前排教室的窗户里已经有人探出头来了，荣小强还没过瘾，他继续大吼大叫着！一边还不忘对着远方的人影做鬼脸。

"怎么办？"梁羽玲的声音从我背后传来。

我知道我一定要回答这个问题，而且要很快地回答才行，于是，我也一直焦急地在心底重复问自己："怎么办？怎么办？……"

"快闪。"我很高兴自己终于在颇短的时间之中想出了一个办法。然后，我开始猫着身体从围墙边上往忠烈祠的方向溜去。我的速度真的很快吧，梁羽玲无助地揪住我的衣角，让我拖着她往前逃去。我觉得自己伟大极了，像一头令人尊敬的大水牛背负着木轭往前迈进，要不是我，这个世界多么不堪设想！

我们像得救似的逃到了忠烈祠的白色云纹牌楼边，躲在那只一人多高的大铜狮脚下，暂时还不敢站起来。

"你跑得好快哦——"梁羽玲说。

"真的吗？"我看着梁羽玲的眼睛。

接下来，有几秒钟的时间，我觉得世界就活生生地在我眼前改变着；我好像站在一个小小的地球仪旁边，轻轻用手指一拨，整个世界就翻了一面。荣小强杵在我们崇德的校门口，两手圈在嘴边朝前排教室里的人影吼叫着，我听到一阵不太清楚的广播："大家好——我是——我的女朋友是——"

我希望荣小强能吼得更用力些。

我们晃到忠烈祠里去看那些修剪成各种动物形状的虎斑榕，和韩国草坪上的景观大石，有一对情侣请我帮他们照一张合照，那个男的选中了我，教我如何把镜头对着他们按下相机上头的一个金属圆钮。我从观景窗里看见了一个长方形的黑框，框里有一对开心的情侣，男的右手搂在女的腰上，为了照那只手，我只好把男的身体切掉了一点点。我一咬牙，就按下快门了。

可惜他们没有提议帮我们拍一张。

我们又朝里走到假山鱼池那边，一人选了一块平滑的大石头坐在上面。

梁羽玲用手指在池边的水面上沾了一下，那些摇头摆尾的大锦鲤就游了过来，菊的、红的、梅花点的、粉黄的、银白的，全都绞在一块儿朝池畔的倒影底下挤过来。

"锦鲤鱼也是鲤鱼吗？"我说。

"废话，印第安人不是人吗？"荣小强说。

"有人吃锦鲤鱼吗？"我觉得自己挺无聊。

"怎么没有，我就吃。"荣小强话还没说完，一只油亮结实的手臂就像把火钳似的插进水池里，咬住一条大鱼尾巴往水面上揪，鱼打了个滚，泼剌一声逃回池子里，溅起一阵水花。我们的脸上一阵凉快。

"讨厌死了啦，怎么这样啦——"梁羽玲躲到一旁的草坪上，从口袋里取出手帕来擦脖子。

池子又回复了平静，溅到石垛上的水珠一下子就干了，假山上的杨柳和天边的白云倒映在水面上，这么美丽的鱼池边，只有我们三个人。一尾脱队的花点锦鲤朝我游过来，好象毫无防备的样子，愈游愈近，我不知为何便把身子向前倾，伸出手臂想学荣小强那样出其不意去抓它的尾巴，然后，我看到自己的脸清楚地映在池边，一副紧张兮兮的模样。

"走吧！"荣小强说，"好无聊。"我们走出忠烈祠，向右拐，经过孔子庙前的棂星门，穿过双十路，往左就是台中一中了。台中一中有好长的水泥墙，热热闹闹的九重葛从围墙上方挤下来，一点香气都没有。

我们走在长长的红砖道上，感觉阳光好像有重量似的。

"欢迎参观我们学校。"荣小强知道联考之后，他就会进去墙里念书了。我们也完全相信，谁不知道荣小强一定会考上第一志愿呢？"你们学校到底在哪里？"荣小强问我。

我一时回答不上来，我只知道我是修飞机的，可是我的学校在哪里呢？"我们学校远得很呢，以后我开飞机来炸死你们！"我说。

梁羽玲笑了，我觉得很得意。

过了马路，就是市立图书馆了，我们知道在儿童图书室外边有一台很棒的贺众牌饮水机，凑上嘴去把冰水按得高高的，感觉好像牙齿都快断光了。

我们只喝水、闲逛、上厕所，图书室里那些幼稚的图画书谁看呢！绕过一条榕树夹道的小路，图书馆背后就是台中公园了。

我们还有一点钱，吃过了大面羹和茶叶蛋，还能到公园号蜜豆冰里去凉快一下。

吃完冰，我们再绕原路回到忠烈祠对面的体育场去消磨一下午。

体育场是双十节看国庆烟火的地方，椭圆形的看台下檐沾满了燕子的巢穴，黑溜溜的大群燕子在头顶上剪来剪去，我们猜拳，输的人就站在燕窝底下数到一百，看看会不会有鸟粪掉到头顶上。

一连三天悠哉的时光一下子就被我们花掉了。

第四天早上，梁包子一如往常早起和面，梁羽玲没有出现在活动中心门口。我们一直等到快中午的时候，荣小强掏出一块钱铜板，走到赵老大的杂货铺外面，拿起红色的公共电话筒，投钱，拨号。

我从活动中心的围墙后面探出半张脸，荣小强拨电话的时候，我的手心冒着汗。

电话很快接通了，是梁包子接的，荣小强立刻挂掉电话，朝我走来。

"妈的手气背，等一下换你打？"我点点头。

轮到我打的时候，我拿起话筒，用身体遮住电话，故意多拨了一个号码。

"喂——请问梁羽玲在不在？——不在啊——好，谢谢——""梁包子接的。"我说。

"妈的梁包子，诈包子！"荣小强在活动中心的铝门板上踹了一脚。

日子又回复到三天前的样子。

荣小强继续用刁钻的杀球来对付我，晚餐后，我们又重新加入赵老大杂货铺前的行列，继续和哈力巴一样四处闻来闻去。

快开学前的一个晚上，荣小强告诉我，梁羽玲已经被梁包子送给一个小同乡了，是个在兵工厂上班的光杆儿。就在几天前，梁包子叫了一台计程车把梁羽玲和几包衣服送过去了，荣小强他妈妈亲眼看见的。

"梁包子说他快要死了，养不大梁羽玲了，"荣小强压低了嗓门说，"我妈说梁包子是把梁羽玲送给那光杆儿养大了当老婆的……"我回家，走进房间，把世界关在门外面。我的房间干净而明亮。我躺在床上，把被子盖到脖子上，看着屋顶上一盏六十烛光的旭光牌灯泡。梁羽玲转学了。

我想到多年前的那个下午，我坐在梁羽玲家门口，吕秋美从门后走出来，我们匆匆地吓了彼此一跳，然后，我看着吕秋美头上的向日葵花纹头巾消失在巷口的那一丛九重葛后面，从此不再出现……我想到夜深人静的时候，我一个人从活动中心走回巷子里，经过我们家，继续走到梁羽玲家门口，我回头观察了一下，巷子里一个人都没有。

我躺在床上，想到那扇红色的木门，门后面安安静静，一点声响都没有。我觉得膝盖痛了起来……

开学之后，荣小强的若瑟中学规定国二以上的学生一律住校，一天晚上，荣小强站在巷子里敲我的窗户，我拉开窗，看见荣小强面无表情地站在窗外，手上握着拴住猴子的铁链。猴子全身湿答答的，显然是刚才发作过的样子。

"我爸不让我养猴子了，叫我把它给放了。"荣小强红着眼眶，看来被荣伯伯修理的不光只是猴子而已。

"那怎么办？"我问。

荣小强没说话。其实，打开窗户的那一刻我就知道怎么回事了。荣小强要专心准备功课，所以不能养猴子了，而我呢，我只要少看点书不要近视就可以了。

"我来养吧。"我说。

就这样，那天晚上猴子住到我们家的院子里来了，一样是用铁链拴在铁窗上，像条铁蛇似的在水泥地上哗哗游动着。

幸好那天晚上猴子刚被冲过冷水，看起来一副可怜兮兮的样子，我爸拿了一根香蕉喂它，它轻轻地接过，还不慌不忙地剥起皮来，惹得我妈也笑了。一切都很顺利，猴子留下来了。

出乎意料之外地，猴子在我们家安静了一整年，至少，比一只老猫还安静多了。

　　一直到国二快要结束的某一天，猴子才突然狠狠地发作起来，只见它两眼通红，嘴角冒泡，中毒似的窜上窜下让铁链紧紧勒住它的脖子，好像非把自己弄死不可似的。

　　我爸和我妈见这模样都傻眼了，他们站得远远的，拿了一大把香蕉，一根一根地拆下，往猴子身边丢去。

　　我没理他们，也没有告诉他们这是猴子在发春了，得用塑胶管往它身上冲冷水。我走进房间里去，躺在床上看着天花板。我觉得高兴极了，我希望猴子再闹得更久一点、凶一点。

　　我知道我的嘴角笑得往上弯了，因为，那天，我在学校看见梁羽玲了。

　　猴子跳到铁窗上了，隔着窗户，我清清楚楚地听到它使劲蛮力摇撼铁条的挤压声，我爸和我妈开始惊呼起来；我得意极了，不禁在心里为猴子加油起来，把铁窗摇断最好，顺便把房子也拆了吧！

　　我妈还不死心，又跑进屋里去拿了几根香蕉出来，无助地往铁窗上丢去，好像在公园里套藤圈那样怀抱着一丝丝的希望。猴子可是一点都不领情，它跳到地面上，脖子上的狗链绷得直直地猛往前冲，这回它非把自己的头给掐断不可了，在它脚底下的那些香蕉好像一张张微笑的嘴巴躺在水泥地板上。我爸见情况不妙，去找来了一根长长的角木，站在远远的地方把角木伸出去抵在猴子的肚子上，想要让它退后几步……没想到，这下我爸可是弄巧成拙了，猴子主大门旁的围墙上窜，一下蹦过头了，从墙头上栽下去，就这么被铁链勒住脖子挂在墙上的半空中。

猴子发出难听的尖叫声，在半空中奋力挣扎着，这时，如果有人从墙外经过，一定会以为猴子是被我爸绑在铁链上甩出去的。

对面的荣伯伯是听到我妈妈呼天抢地的声音才冲出来的，他说他以为我爸拿了菜刀在追我妈哩！

等到荣伯伯教我爸接了一桶冷水出来时，猴子已经差不多没气了。荣伯伯把猴子从墙头上提下来，平放在地上。猴子四脚朝天，露出肚子上浓灰色的毛，深紫红色的脸上颊囊鼓起，两眼充血，无神地望向天空，嘴皮上一摊白沫。

"怎么办，怎么办？"我妈惊魂未定。

荣伯伯大概是想起了电视上犯人被刑求至昏厥的画面，他用强壮的手臂一把提起水桶往猴子身上冲下。

猴子的尾巴勾了一下，再次变成了一块湿淋淋的、棕绿色的抹布。

猴子没死，和往常一样，成了落汤鸡的猴子蜷缩在墙脚上，不敢抬头望人，方才的野劲完全消失得无影无踪了。

我妈见猴子安静下来了，才敢心疼地靠近去。她捡起地上的香蕉，剥了皮送到猴子嘴边，猴子好像这辈子从来不曾看过香蕉似的。我妈还不死心，她把香蕉放在自己的嘴边，作势咬了好几下，再伸向猴子。如果我是猴子的话，我一定会接下香蕉，放在嘴边假装咬几下，然后再把香蕉送到我妈妈面前。

礼拜天一大早，荣小强来敲我的窗户。我拉开面对巷子的玻璃窗，看见荣小强的脸上挂着诡异的笑容。

"猴子发春了？"荣小强说。

我没有回答，我的脸上露出比荣小强更诡异的表情。

"厉不厉害？"荣小强用手指比成一个枪管往下朝自己的裤裆上瞄准，"砰——"

"跟你差不多。"我们笑了起来。

"出来打球吧。"荣小强的口气好像是迫不及待地要痛宰我一顿了。

我神秘兮兮地摇摇头。

"干吗，怕了啊？左手让你。"

我依旧摇摇头："打球？幼稚。"

这下荣小强被我激怒了，他从短裤口袋里伸出手来摩拳擦掌："幼稚？你他妈个屌毛没长齐东西敢说我……"

就在荣小强准备搬出更毒的话来送给我时，我隔着纱窗跟他说：

"梁羽玲回来了。"

荣小强呆了几秒钟："什么？你说真的？"

"真的，还要不要打球？"我说。

"打球？幼稚，呸——"荣小强说着朝我吐了口口水，一群星白的沫子往我的脸上飞过来，幸好大部分都挂在纱窗上了。

我也不甘示弱地朝窗外吐了一口口水，荣小强忍不住往旁边闪了一下。我得意地笑了起来。然后，我们像两个疯子似的不停地朝纱窗上吐口水，直到我们都快要看不见彼此了，还听到对方努力挤着干燥的喉管发出喀喀喀的破裂声。

我告诉荣小强，就在猴子发春的那天朝会，我看见梁羽玲被一个女生班的导师从教务处领出来，穿过许多排成长方形的升旗队伍，然后把她暂时安插在新班级的排尾。梁羽玲低着头，看起来还是比身旁的女生显眼得多。那是女子排球校队班，只有被外校退学的女生才会被安插到这个班上。我只告诉荣小强我看见梁羽玲了，其他的我都没说。我说了一个谎。荣小强问我梁羽玲还像从前一样漂亮吗？我说差不多。其实，梁羽玲比以前更好看了，不管操场上挤满了多少人，我一眼就能捞起她的背影。

隔天清早，荣小强来拍我的窗户，我推开纱窗，荣小强递给我一个粉红色的信封，说他要回学校了，请我把信交给梁羽玲。

"看你的了，"荣小强从窗台底下瞄了我一眼，"这管马子我非轧到不可。"

我接过信封，闻到一阵淡淡的香味从玫瑰图案的压纹之间飘出来。

"我来想办法。"我耸耸肩，用满布血丝的红眼睛看了荣小强一眼，拉上窗户。

我想了又想，真是没有办法。粉红色的香水信封在我的化学课本里面一连躺了三天，那三天之中，我最接近梁羽玲的一次，是放学后跟伍国恩他们去学校对面的体育场看排球队练球的时候。

排球场旁边就是篮球场，我学伍国恩他们把书包扔在球架旁边，然后一边打球，一边用眼睛偷瞄排球队的大腿。

伍国恩是最罩的，排球队的教练佘老枪不在场边的时候，他就脱了上衣，露出精棍的上身站到排球场边指挥起来："周叔美手抬高，对对对，屁股也翘高一点，高妹妹注意看球，小笼包收好了——"

伍国恩愈喊愈起劲，排球队的女生有的脸红了，有的瞪着凶巴巴的眼珠子，还有些吃吃地傻笑着。伍国恩像一只威风凛凛的老鹰站在场边盯着一群小鸡，包括梁羽玲。不一会儿，母鸡就跳出来说话了！

"伍国恩，你少在那边给我鸡鸡歪歪的！"

说话的是排球队的队长马国梅。

"我肏，你怎么知道我鸡鸡歪歪[1]的？"伍国恩乐了。

---

[1] 鸡歪是从闽南语衍生而来的脏话，指别人啰唆、难搞。该词出现第二次时，则是被作者进一步转变成其他意义。

"嘴巴给我放干净一点，我才肏你老爸。"

"来啊，谁怕谁啊，我也顺便吧——"

"王八蛋。"

就在伍国恩跟马国梅一来一往的时候，余老枪回来了，球场又回复了平静，只剩下七八颗排球和一颗懒洋洋的篮球此起彼落的声音。

我和黄屁中、李狗安他们都低下头去假装在抢球，只有伍国恩还很英勇地站在排球场边，光着膀子像只拔了毛的大公鸡。

"太搞、太搞，手太搞（手抬高）。"余老枪胸前挂了个红哨子，在场旁吆喝着。

"太搞、太搞，手太搞，你搞我也搞——"伍国恩也吆喝着。

"小呆宝（小太保），你是哪个班的？"余老枪回马一枪对伍国恩踹了一脚，伍国恩轻松闪过，朝篮球场这边跑回来，边跑还边喊道："太搞、太搞，太得愈搞，跑得愈快——"

只剩下七八颗排球被抬得不太高的手臂击落在球场上的空洞声。

伍国恩依旧光着精棍的上半身，腋下夹着一颗破篮球在余老枪背后逛来逛去。

一颗排球从我头上削过，掉落地面之后又弹了几下……

梁羽玲朝我走过来，轻轻地跟我说了声"对不起"，我说不要紧，休息一下吧，我有一封信要交给你呢。然后，非常意外地，梁羽玲牵起我的手，要我陪她一起捡回那颗远在天边的排球。

"对不起，我的手好脏，打篮球的关系……"我的脸一定红了，红到在水泥地上都可以照出来。

"没关系，我不怕。"梁羽玲和我一样低头看着自己的鞋尖。

"索小强一直很喜欢你呢！"

"真的啊？"

"真的，他写了一封信叫我一定要想办法交给你。"

"可是，我喜欢的是你……"梁羽玲转过头来看着我。

我觉得有一百零八道闪电同时打到了我的头上，然后又被我金刚不坏的天灵盖给弹回天上去了。

"对了，我拿信给你吧！"我借故放开梁羽玲的手，走到篮球架底下，从我的书包里把那个粉红色的信封翻出来。我走到书包旁的时候，黄屁中和李狗安一直发出"耶——耶——"的声音，我没理他们，倒是伍国恩帮着我，他用夹在腋下的篮球K他们："妈的你们是嫉妒还是羡慕啊！"

我把信交给梁羽玲，她拆开信封，才看了一眼就笑了："你自己看吧。"我接过粉红色的香水信纸，不敢相信自己的眼睛。信的一开头，荣小强就说这是帮我写的，因为他知道我很喜欢梁羽玲却又不敢说，所以才帮我的忙……我的眼眶红了……

"矮冬瓜，捡球！"马国梅站在排球场的旁边对我大叫。

"我？"我有点惊讶地看着马国梅。我从愉快的幻想里探出头来。梁羽玲还站在球场另一边正在练习发球。

"妈的人家没名没姓啊，叫人家捡球还凶个屁啊？"这次伍国恩真的帮我了。

"谁说没名没姓了，姓矮名冬瓜啊！"马国梅说完，排球场上有些女生已经忍不住笑出来了。

我从水泥地上站起来，走向那颗王八蛋排球。"太搞、太搞，手太搞……"余老枪的声音从我背后传来，好像在为我打拍子。我的眼眶真的有点红了吧……

练习结束了，余老枪交代马国梅她们把球收好，自己先回学校去了。

我们四个窝在篮球架下的那一堆臭书包旁边看排球队的女生擦汗、收球。荣小强的信封还稳稳地躺在我的化学课本里。

学期的最后一天，机会终于来了。

开期末班会的时候，我们班导师杜磕头说学校要挑选参加市运会的田径选手，被选到的人暑假要在学校对面的体育场集中训练。杜磕头暗示说，我们班最好推选一个跑得很快，又没有升学压力的人。还好我坐在教室的前面，要不然所有的人一定都会回过头来看我。

集训时间是每天早上八点到中午十二点，第一天早上校长来精神讲话的时候，我站的位置就在梁羽玲的正后方，如果我记得把荣小强的信封放在身上，如果我的胆子够大的话，当时我就可以把信塞进梁羽玲的口袋里去了。

我被分到跑八百公尺的那一组去。田径队队长是个叫作金刚的家伙，人高马大，手脚长满了厚厚一层黑毛，负责一百公尺短跑和推铅球两项比赛，是田径队的台柱。看金刚跑一百公尺真是一种痛快的经验，哨音一响，只看到他像支铁箭似的飙出去，愈来愈快，愈来愈重，身旁其他的选手好像讲好了似的一齐往后退……推铅球的时候，金刚"呃"的一声把沉重的铅丸子四十五度角顶出去，一飞十几公尺，铅球坠地，大家的耳边还响着刚刚那一声吼，好像终于向谁报了仇似的。

金刚跟我们讲解了一遍跑八百公尺的要领，他教我们如何在前四百公尺的时候调整步伐和呼吸，然后接下来如何伺机卡位子，最后再如何冲刺……

可惜一点用都没有。

第一次练习，也是当天唯一的一次上场，我跑了最后一名。

倒数第二名是隔壁班的臭虫，我们平常没有来往，这天倒同病相怜地热络起来了。

臭虫安慰我说，参加比赛的有两种人，一种是他妈的跟真的一样想赢的，另一种就是我们这种他妈的装装样子来打混的。我觉得臭虫说得很有道理，或许是因为他买了小贩的冰米浆请我喝的关系，又或者是因为他满口"他妈的"说得跟真的一样很悦耳的关系。

每天练习结束之前，余老枪会吹着他的红哨子让我们做一套他自创的伸展操，然后才放人回家。那天，余老枪吹响了第一声哨，队伍散开的时候，臭虫低声对我说："快点，免费的不看白不看！"然后便拉着我往梁羽玲背后的位置钻去，我身子一缩没敢跟过去。排球队的女生都穿了紧身短裤，弯腰的时候会露出大腿上方一小截更白的地方。

做完伸展操，有些人拿了书包就往停车棚去骑脚踏车回家吃中饭了，剩下的还有一大堆人围在金刚身旁。

我和臭虫到饮水机旁边去喝免费的蒸馏水的时候，马国梅钻到那一群人里去和金刚说了几句悄悄话，然后，臭虫就被金刚叫到通往看台的水泥楼梯底下去了。

臭虫回来找我的时候，脸上挂着邪门的微笑，他的颧骨上有一块黑青，右边的鼻孔爬了一小条暗红色的鼻血。我陪臭虫去男生厕所把脸洗干净，他一边洗，一边照着洗手台上的玻璃镜子喃喃自语着，脸上的笑容不见了，换了一副杀气腾腾的样子，看起来怪可怕的。

臭虫拿出了毛巾来擦脸，把脸上热乎乎的水滴吸干，他对着镜子发呆起来，然后，突然冲到一扇打开的门边，一脚狠狠地把门踹上，三夹板的门上立刻凹进一个龇牙咧嘴的破洞：

"马国梅，我肏你妈个鸡巴毛！"

我在一旁有些纳闷，打他的人是金刚，为什么骂的是马国梅？臭虫的身体僵硬得像只螳螂似的，我没敢问他。

我偷偷算了一下身上的钱，一共有十几块，可以吃两碗蜜豆冰还有剩。

"吃冰吧，我请。"我跟臭虫说。

我们去牵脚踏车的时候，远远地就看到金刚和那一票男的站在西二出口的公厕外面，其中有两个男的互相伸手去抓对方的裤裆，推来挤去的。金刚站在最靠近公厕入口的地方，两只毛茸茸的手臂交叉在胸肌前面，盯着我和臭虫。

没想到臭虫竟然故意朝着西二出口走过去。我跟在后面，看了金刚一眼发现他也在看我，于是赶紧把头低下。

臭虫倒是神勇得很，抬头挺胸地亮着脸上的那一块黑青朝金刚直直走去，好像刚才从市运会的颁奖台上走下来似的。

我们走进看台下的出口时，有一个脸上有块暗红色胎记的人朝臭虫说：

"小气鬼，干架了？赢了还输了？"

那一群男生一齐笑了起来，除了金刚。

我们走出去的时候，背后还传来一句：

"回家看小本的打手枪吧你！"

"我看你姊打你妹啦！"臭虫像一尾眼镜蛇似的把头扭到背后嘲讽起来。

"我肏，克死他！"脸上有胎记的家伙吆喝一声，跟上来另外两个人往臭虫追来，臭虫书包一扔，拔腿就跑，跑出没几步远就被追上，又给人捶了几十下。那几个家伙刚刚冲过我身边的时候，我本来想把脚伸出去绊倒一两个的，可是我不敢，只有眼睁睁地看他们的拳头下雨似的砸在臭虫身上。

桌上的那碗冰融化了一大半了，臭虫两眼直盯着碗底看，不发一语。

我慢慢地，用两只手指头掐住铁汤匙往冰碗里舀些碎冰吃。我轻轻地把冰含在嘴里，等化了才吞进喉咙里去。

隔天，一切又恢复正常了，好像什么事都没发生过似的。

金刚照常教我们如何在跑道上耍心眼儿，昨天打了臭虫的那个家伙还把臭虫扛在背上做拉筋体操，过了一会儿，又换臭虫把他扛在背上甩啊甩的，一边甩，那个家伙还发出很恶心的呻吟从鼻孔里冒出来。

休息的时候，我们照常跟大伙一样挤在排球队的练习场地旁边，用锐利的目光去扫瞄那些从短裤底下挣脱出来的一小截白色的皮肤。

荣小强交给我的信就在我的口袋里，我可以趁大家不注意的时候走到司令台边的那一大堆书包旁边，然后把信偷偷塞进梁羽玲的书包里去。我没有这样做，因为我觉得也许还有更好的办法。

"喂，你很哈梁羽玲吧？"臭虫忽然对我说。

"我？没有啊！"我的声音似乎太小了，所以不容易让人相信吧。

"少来了，你的眼珠子都快掉下来了，我他妈的还怕踩到咧。"臭虫露出了得意的笑容。

"有吗？"我说。

"干吗，装蒜啊，又不是只有你一个人爱看而已——"臭虫说话的声音愈来愈大，让我紧张起来。

　　我看看四周，果然是很清楚明白的。梁羽玲的身上好像装了遥控器似的，所有人的眼珠子都跟着她转。轮到梁羽玲发球的时候，她把球举到头上，所有人的眼珠子就自动往下拿，落在她乍然露出一小段的肚腰上。

　　"看看不行啊？"我故意把眼睛从梁羽玲身上移开。

　　"看看当然可以，有钱就行了。"

　　"什么钱？"

　　"我肏，真的还假的，你别装了好不好？"

　　"装什么？"

　　"妈的你白混了啊，你是真的不知道还假的？"臭虫拉长了脸，脸上的青春痘也变形了。

　　"知道什么？"我问。

　　"我肏，你以为金刚他们围在厕所那边干什么啊——"

　　"干什么？"

　　"我肏——"

　　臭虫告诉我，梁羽玲已经加入马国梅那一帮的，也就是在"混"的，周淑美、高妹妹她们也是同一票的。臭虫还说，她们这一票凯得很，经常买了一大包一大包的蜜饯钻进电影院里，校外有一票混自由路的小太保在罩她们，校内则有金刚在"挺"马国梅。

"那些钱都是梁羽玲帮她们'赚'来的……"臭虫凑近我的耳边说，"你以为金刚杵在公厕外面喝西北风啊？等会儿练习结束了，你就到厕所那边去等，你去排队，轮到你的时候，你就走进去，拐右边，进女生厕所，你就会看见马国梅守在里面，然后你交五十块给那个老母鸡，她就会给你一个火柴盒，里面有一支火柴，只有一支，记得检查一下，那种看起来要断不断的就换一支，不然你就亏大了——"

"干吗？"

"干吗？妈的梁羽玲在'里面'啊，你说干吗？开门进去啊，记得把门关上再拿火柴，要不然当心金刚冲进来K你你就知道干吗了。"

"梁羽玲？"我自言自语起来。

"正点吧？看过都说好我告诉你……等你把火柴划亮了，梁羽玲就会把裤子脱下来，连内裤一起脱到膝盖上，先别急着看，把火柴头抬高一点，摆平一点才烧得久一点……怎么样，正点吧？"

"然后呢？"

"然后？然后他妈的火柴烧完了，五十块就飞了，闪人了啊，妈的还有人在排队耶。"

我低头没有说话。

"怎么样，有钱没有？"

我摇摇头。

"慢慢存吧，回家去先搞几盒火柴练习一下。"

"干吗，你去过啊？"我说。

"没有啊。"

"那你怎么知道？"

"我肏，田径队谁不知道？"

"你怎么不存钱？"

"我有存啊，我他妈的存钱是要买模型的。"

休息时间结束了，金刚站起来赶我们，大伙儿发出一阵失望的嘘声。

所有人都站起来之后，排球场边只剩我一个还坐在白线边上。

"别耍宝了！"臭虫跟我说，"等会儿换我请你吃冰吧。"

那天中午，我装了一肚子冰水顶着大太阳骑脚踏车回家。吃冰的时候，我轻轻地把冰碴子含在舌头上，等化了才吞进喉咙里。

隔天第一次练跑结束休息时，我很利落地把荣小强的信塞进司令台边梁羽玲的书包里，没有人看见。梁羽玲的书包前盖上有一个双十国庆的纪念徽章，我从很远的地方就瞧见了。

星期天一大早，荣小强跑来敲我的窗户，我拉开玻璃窗，看见荣小强用手指着他的大脸蛋，眉毛高高地扬起好像要弹到头顶上了。他的嘴巴咬着一个粉红色玫瑰压纹的信封。

"回信啰！"荣小强把信从嘴唇上摘下来，"出来打球吧？"

"打啊。"我说。

白色的乒乓球慵懒地在墨绿色的球桌上来回滑行着，荣小强心情好的时候，球就打得特别慢，一边打，一边演说起来："快了，快了，肯回信就跑不掉了。喂，我教你两招免得你死不瞑目。我告诉你，写信给马子一定要用漂漂亮亮的信封和信纸，话不必多，字要好看，最重要的，要附上空白的回邮信封，让她觉得你很温柔啦很细心啦，我他妈的这招百发百中……下个礼拜天我就约她出来玩，跟马子第一次约会的时候我告诉你，千万要忍住，要装作他妈的很不哈的样子，等到玩了一阵子快送她回家了，找一个机会，过马路闪黄灯的时候牵起她的手一起走，过了马路之后立刻放手，记得，一定要立刻放手，什么话都别说，要一副他妈的没事的样子，然后赶快送她回家说拜拜，这就搞定了。我告诉你，等马子回家之后就换她关在房间里哈你了……"

荣小强讲得口沫横飞，连大黑狗哈力巴也跑过来趴在球桌旁边听讲了，"我他妈的是当你哥儿们才放两招给你。"

"哪来两招，只有一招啊？"我把球轻轻顶回球桌的另一边去。

"一招？一招就走遍天下了！我告诉你，你以为我前面六管马子怎么'上'的？你不相信，我跟你打赌，下个礼拜我就约梁羽玲出来用这招，保证厉害，再下个礼拜我告诉你，再下个礼拜我就把她的三角裤带回来给你看，赌一百块敢不敢？我告诉你，像梁羽玲这种乖乖牌一定是穿白色的你信不信，不是白色的算我输，敢不敢赌？"

我没敢赌。

　　隔天早上，荣小强又来敲我的窗户，叫我把第二封信交给梁羽玲。他说，因为梁羽玲被那个光杆儿盯得很紧，所以寄信、打电话都不太保险。

　　我照做了。我把信偷偷塞到梁羽玲的书包里，然后继续回去练习，继续跑最后一名。

　　过了两天，我去喝蒸馏水的时候，看见梁羽玲朝我走过来，我转过身去背对着她接水，梁羽玲就站在我背后等我慢慢地把水喝完。

　　"你不喝？"我说。

　　梁羽玲摇摇头。

　　"荣小强约你了？礼拜天？"梁羽玲点点头。

　　我想不出话来说了。

　　"你没有跟荣小强说我的事吧？"梁羽玲低头看着磨石子地板跟我说。

　　"没有。"

　　"谢谢。"梁羽玲很快地看了我一眼，然后扭头走开了。

　　我还没来得及跟她说声"不客气"。

　　礼拜天晚上，荣小强又跑来敲我的窗户，铿铿铿的声响又快又轻。

我拉开窗。

"成功。"荣小强站在我的窗台边，伸出两只手指比成V字形。

"要不要打球？"我说。

"打球？幼稚。"荣小强隔着纱窗把他和梁羽玲出去玩的经过很快速地回味了一遍，还有他是在哪一个十字路口牵了梁羽玲的手过马路的。荣小强的记性真是好得很。

"下礼拜看我的。"荣小强的脸上浮出一股神秘的笑容。

荣小强回家之后，我拉上窗户，走出房间。

村子静悄悄的，淡蓝色的月光洒在院子里。角落里的猴子也乖巧得很，见我走近，便伸出小小的手掌来找我腿上的盐巴吃。

"下礼拜看我的。"荣小强刚刚撂下的话还在我耳边响着。

接下来这个礼拜我突然变得不同凡响了。

八百公尺练跑的时候，哨音一响我拔腿就跑，脚上装了电池似的从头开始冲到尾，顾不得什么调整步伐，也不必卡位子了，像是没心脏的人一般从头一路领先到底。练了几天，金刚又把我编进了四百公尺接力去跑第一棒。

"喂，你吃春药了？"几天下来，这句话已经变成臭虫的口头禅了。

余老枪也注意到我了，练习结束之后，还把我留下来讲话，问我想不想去念体专。

我摇摇头告诉余老枪我以后是要去修飞机的。

那个礼拜我着实风光了几天，休息时间去看女排队练球的时候，还有人自动地把最前一排的位子让给我。

星期六早上，吃完早餐，我妈妈在洗杯子的时候，我很敏捷地溜进她的房间里，拉开衣橱的木门，把整条手臂伸进一叠衣服之间，捞出我妈的红色珠珠小钱包，抽出一张五十块的钞票塞进口袋里。

我在大门口穿好球鞋之后又在小板凳上坐了好一会儿。

我希望我妈发现我偷了她的钱，然后追出来打我一顿，可惜没有。

我骑着脚踏车慢慢向体育场靠近。那是一个清凉的早晨，马路两旁的房子吸饱了露水刚从夜里醒来，轮廓清晰，皮肤干爽。经过水泥桥的时候，我看见一只大黄狗斜躺在桥头上，它把四肢用力向前后拉开成一字形，让一窝乳黄色的小鸡在它的肚皮上啄虱子，看起来舒服极了。

枪声一响，我吓了一跳，吓得连体重都跑掉了，然后拔腿就向前冲，好像有鬼在背后追我似的。

休息的时候，臭虫买了冰米浆来请我喝："我看你还是去念体专好了。"

"我要修飞机。"我把球鞋和袜子都脱下来，让脚指头透透气。

"修飞机，我看你还是先把脑袋修一修吧。"臭虫的米浆喝光了，吸管壁发出冰冷干涩的挤压声。

我没有搭腔。我还有更重要的事。

练习结束后，我没有跟臭虫去牵脚踏车。

我从书包里取出昨天晚上准备好的毛巾和洗面皂，走进厕所里去洗脸。

我打开水龙头，让水流个不停，打在洗脸槽上的水珠溅到了我的尼龙短裤上。我长得很难看，等到脸上均匀地抹满一层白色的肥皂泡沫时，我才敢看着洗脸台上的长方形镜子。

上次被臭虫蹁烂的那扇门上的凹洞还在，三夹板上破裂的缺口还很新、很利。

我把毛巾用力拧干，再把肥皂包进毛巾里卷起来，架在水龙头上

我走出厕所，往西二出口的方向走去，金刚从不很远的地方看着我，我的腿开始微微发抖起来。

"有钱？"金刚问我。

我点点头。

就在我准备找点话来说的时候，一个跳高组的高个子从女生厕所里走出来。

"进去吧。"金刚用他的方形下巴朝女厕的入口处比了一下。

我的腿还不停地发抖着，膝盖里面好像有一对小马达在转着。我的脑袋一片空白，金刚的话还在我的耳畔嗡嗡响着，"进去吧……"

"你也来了？"马国梅一看见我就把手伸到我的胸前，我赶紧把裤袋里那张皱巴巴的五十块钞票挖出来，放在她的手掌心上。

"知道规矩吧？"马国梅说。

我点点头。马国梅把一个火柴盒交给我："要不要检查？"

我握着那个小小的、印了一把雨伞图案的火柴盒，摇头。

"走吧。"马国梅把我领到最里边的那间厕所门前面，拉开门。梁羽玲一看到我就立刻把身体转过去，背对着我。

我走进那个狭窄的立方体空间里去，马国梅立刻把门关上了。一片黑暗。

过了几秒钟，我看见了梁羽玲的身影从深蓝的底色里浮上来，然后转身面对我。

我的脚抖得厉害，双手却出奇地冷静。我推开火柴盒，取出唯一的一根火柴，再阖上。

梁羽玲把手伸进短裤的松紧带里，弯腰，把裤头褪到膝盖上。

荣小强猜得没错，梁羽玲的三角裤是白色的。

我没有蹲下去。我把火柴划着了，然后，将火光提上来，停在梁羽玲的面前。

梁羽玲的表情很平静，一点都没有让我失望。

火柴烧了大半了，橘黄色的光点开始颤抖、缩小。

我看见自己缩成一团青色的淡影扁扁地倒在马桶上。

火柴熄灭了，厕所内又回复到一片黑暗。

走出厕所的时候，金刚好像跟我点了点头，我看不清楚，阳光好大，好静。我想到要去拿我的毛巾和肥皂，我没有更重要的事了。

罗汉池

月娘

　　每天傍晚，天顶的月娘[1]刚刚探出一弯朦胧身影的时候，矮厝巷的月娘也就跟着出来了。

　　罗汉埔的矮厝巷确实住着许多罗汉脚仔[2]：打铁仔的、卖豆腐的、搓草绳的、补破鼎的……每到黄昏的时候，这些罗汉脚仔便有意无意地在自家门前窄窄的凉亭仔脚[3]闲晃着，为的就是用力看月娘一眼，放胆说几句肉麻的话。

　　月娘是喜春楼的红牌酒女，陪酒也陪睡，卖唱也卖身。家住矮厝巷尾倒数第二间，年轻时便死了丈夫，为了养活公婆和抚养一个人见人爱的小女儿，于是在喜春楼挂牌接客。街坊邻居三姑六婆倒也觉得是老天作孽，情有可原，并不讥讽月娘。

　　而那些眼珠子骨碌碌跟着月娘转，嘴巴上还不时吐

1　月娘　月亮。

2　罗汉脚仔：单身汉，指过了适婚年龄而仍未结婚的男子。

3　凉亭仔脚：骑楼。成排的建筑物在一楼靠近街道部分建成的走廊，为多雨地区发展出的建筑样式。

出几句憨话的罗汉脚仔也并不专为刺激月娘而来。他们都喜欢月娘而痛恨自己；愈痛恨自己的人，说出的话也就愈无耻。

"月娘啊，我的炉火烧烧在等你呢。"打铁仔的天天想要打铁趁热，奈何只是一头热。

"月娘啊，你的皮肤比豆腐卡[1]白，借我摸一下好呣[2]？"卖豆腐的两排牙齿又歪又黄，齿垢厚厚的像是抹了一层豆腐乳。

"月娘啊，今晚换我给你搓一搓吧？"搓草绳的狗嘴里吐不出象牙来，隔壁的阿嫂听了也要骂几句"夭寿骨[3]哦"。

"月娘啊，来啦，我用白糊仔[4]给你的破洞补起来……"补破鼎的话，就连他亲娘听到了都得赶紧放下手边的工作，老实念几声佛号替他消消业障。

矮厝巷的人都不讨厌妖娇美丽的月娘，甚至觉得罗汉埔出了这样一个大美人儿是件挺骄傲的事儿。那些罗汉

---

1 卡：比较、更，或是"再怎样也……"。此处意思为前者。

2 呣：表示疑问的语末助词。

3 夭寿骨：骂人用语。夭寿是短命早死，并且被引申为不满、惊讶，或是过分、恶毒等其他意义。夭寿骨的程度更强。

4 糊仔：糨糊。

脚仔也不例外，只是嘴上犯贱，一看到月娘从面前走过，全身上下就燥得厉害，深更半夜里起来冲凉水的也时有耳闻，大有人在。

这些傍晚时分看热闹的人群里，也有不吵不叫不随便缺德的。

其一是月娘家隔壁的老雕刻师傅国彰仔。

国彰仔自幼小儿麻痹，行动不便，得靠两支拐杖才能行走，也是一个罗汉脚仔，现年事已高，头发花白，趁着眼睛还行，收了一个没父没母的小徒弟建兴仔，准备将来送他上山头。每天傍晚，月娘打雕刻店门口走过的时候，正好是国彰仔和小徒弟在凉亭仔脚就着残存的天光吃晚饭的时间；这时，灰头土脸的师徒俩总是不约而同地抬起头来，静静地看着月娘从廊前走过，仿佛时间暂停了几秒钟，待月娘的脚步声远去之后，才继续夹菜扒饭。菜脯[1]干在他们的牙齿间被咬得滋滋价响。

其二是月娘家对面的老和尚。

老和尚上净下业，早年娶妻无子，后在厦门出家，辗转来到此地，现已近知命之年，和老雕刻师傅国彰仔一

---

1 菜脯：萝卜干。

样，趁着还能讲经诵课，也收了一个没父没母的小徒弟克昌仔，准备将来承续法脉，兼管理寺院。克昌仔将来要接老和尚衣钵，这是确定的事，至于管理寺院则不甚了了。在罗汉埔，并没有几个人知道老和尚法号净业，都直呼老和尚而已，这也不易混淆，因为整个罗汉埔也就这么一个和尚。克昌仔年纪还小，尚未剃度受戒，仍是在家人打扮，所以大家也还叫他克昌仔，闲来兴起还会在他的小光头上甩一巴掌，作势问他："克昌仔，你后摆[1]拢[2]不行娶某[3]知嗨？""我知啦。"克昌仔摸摸脑壳上的青皮回答。"克昌仔，你后摆拢不行和查某囡仔[4]困做伙[5]知影[6]嗨？""我知啦，阮[7]师父说没要紧啦。"克昌仔回答得很有志气。罗汉埔的大人小孩三姑六婶都喜欢克昌仔，都说他长得很缘投[8]、很将才[9]。老雕刻师傅也常说他的头形生得好，有佛

1　后摆：下次、下回，或是将来、未来。

2　拢：都、皆、全部。

3　娶某：娶妻子。

4　查某囡仔：对年轻女子的泛称。查某，指女人、女性、女生。囡仔，指小孩子，也作囝仔。

5　困做伙：睡在一起。做伙，指一起、一块儿，或是生活上的接触、往来。

6　知影：知道、懂得。

7　阮：我们、我、我的。

8　缘投：形容男子长相英俊、好看。

9　将才：将相器，具有为大将宰相的才能，是能担当大任的人。或是形容身材高大挺拔、魁梧。

缘，远远看过去，活脱脱就是一尊善财童子。

都说克昌仔将来要接下衣钵，管理寺院，但是，寺院在哪旦呢？

老和尚一生最大的心愿便是建立道场，弘法利生，可是眼前还是以民宅为寺，既不暮鼓，也无晨钟，说穿了，这间小小的大悲寺也就是矮厝巷尾一间破房子罢了。房子小，牌匾倒是不寒酸，正门上三个方方正正的黑字"大悲寺"，藏头护尾，枯而不干；正殿大厅（就是一进门的小厅堂）佛桌上方还有一块"慈航普度"，意正笔端，庄严慈悲，但是，一整年下来，也没几个善男信女好好瞧过这两块牌匾一眼。克昌仔管理寺院的工作，主要就是看好这两块匾，浴佛节的时候去做油厂借一把竹梯子把匾额抹干净，再来的，就是打扫罗汉池了。

罗汉池是罗汉埔的大有钱人林大柿捐的。

那一年，老和尚还值壮年，大悲寺连块牌匾都没有，只有正厅楠木神桌上供着一块木牌，上书"南无大慈大悲观世音菩萨"。忽然有一天，林大柿来了，说是昨日夜里得一梦，经神明指示，若想得子，须到矮厝巷礼敬诸佛方能如愿。梦醒，林大柿遵嘱寻来，矮厝巷果然有出家比丘，正是净业和尚。

林大柿恭敬上香，礼佛完毕，告知净业和尚愿捐银钱若干，以供修庙。于是老和尚便向对面的国彰师傅定做牌匾，并开始商量造像事宜。牌匾完工之后，正准备购置上好木料以便造像之时，林大柿又来了，说是又得一梦，若欲求子富贵，先得造池放生，并于池上设十八罗汉跌坐像……隔年，林大柿果然一举得子，罗汉池也造好了，放生法会也办过了，倒是大悲寺落得聊备两块大匾，佛像便不了了之矣。

老和尚的希望又落空了。罗汉埔人的眼里只有罗汉池，而大悲寺呢？不过是两块匾而已，坦白说，匾上刻的大小字，除了负责雕刻的国彰师傅和老和尚之外，能够完全认得的恐怕也没几个人吧。

此后多年，老和尚就伴着那块"南无大慈大悲观世音菩萨"的木牌，靠着一点点微薄的香油钱继续他的修行之路，日子虽然清苦，老和尚倒也自得其乐，勇猛精进，而且渐渐发展出一套饶富特色的个人风格来了。

每天清晨，当罗汉埔为数少得可怜的几只督龟鸡还沉醉在梦乡里啄虫子的时候，老和尚便已起身用冷冽的井水擦脸洗手，换上袈裟，烧一炷香，开始诵经做早课。老和尚诵误的腔调自成一格，气出丹田，深沉厚实，经句间若断实连，宛如断崖青藤，声音忽前忽后，忽左忽右，且抑扬顿挫深得使转之妙，配合上绵长深幽的木鱼声，识者莫不赞叹。可惜闻者稀少，老和尚木鱼敲得越好，罗汉埔的罗汉脚仔们便睡得越香，偶尔老和尚出门在外为远地的往生者助念佛号时，街坊邻居才会像忽然想起似的若有所失起来。这是早课。

每天傍晚，天顶的月娘刚刚探出一弯朦胧身影的时候，矮厝巷尾的老和尚也就跟着出来了。

老和尚的晚课也是不落俗套，出得寺外，先是仰首凌空击掌三次，然后闭目合十，口中念念有词，同样气出丹田："无上甚深微妙法，百千万劫难遭遇；我今见闻得受持，愿解如来真实义。""炉香乍爇，法界蒙熏……"老和尚这一站就是一个小时，罗汉埔的人虽不致感到醍醐灌顶，倒也有板有眼学得了几句《开经偈》和《炉香赞》，例如打铁仔的就对"炉香乍爇"四字特别有悟性，每天烧炉打铁之前，也凌空击锤三声，口中念念有词："炉香乍爇，法界蒙熏……无上甚深打铁法，百千万劫难遭遇；剪刀菜刀剃头刀，三块五块两块半。"如是多年下来，坦白说，罗汉埔人对打铁仔的这一套念唱还比较朗朗上口一点，有些小娃儿还在学走路时，也就能跟着阿公阿嬷念上几句了。

国彰仔和老和尚也是罗汉埔的罗汉脚仔，每天傍晚月娘上喜春楼去的时候，他们都看到了，都沉默不语。国彰仔的小徒弟建兴仔也看到了，偶尔还看傻了，这时，国彰仔会用竹筷子在碗沿敲两下，让建兴仔重新低下头来扒一口饭；老和尚身后的小徒弟克昌仔也看到了，净业法师闭目诵经时，他会把眼睛眯成一条细缝，悄悄地望向对门的一个可爱的身影。那是月娘的小女儿秀贞，可是大家因为她生得漂亮，仿佛是用月娘的脸形脱模塑成的，于是从不叫她秀贞，而是叫她小月娘。

月娘上班去的时候，小月娘也跟大家一样站在门口目送她往喜春楼的方向走去，一直到月娘走远了，罗汉脚仔们的瘸狗¹话也说完了，小月娘的祖父便会走到门口，劝她进去吃饭。偶尔小月娘使点性子，拉住妈妈在家陪她时，连行动不便的祖母也会拖着老迈的脚步，出到门外哄她

---

1 瘸狗：染病发疯的狗，有时用来骂人。也指垂涎女色或者意图骚扰侵害女性的好色之徒。

进屋。

　　小月娘进屋之后，罗汉埔黄昏的重头戏算是结束了，罗汉脚仔们心有未甘地也进屋里去了。再过一会儿，月娘隔壁的老雕刻师国彰仔也吃完晚饭，摸出一支黄油油的象牙烟嘴出来吸一会儿烟，等建兴仔把碗筷洗好，小饭桌立起来靠在墙角之后，国彰仔一支烟刚好抽完，师徒俩才一起进屋里去，继续收拾一些不用木槌和粗胚刀的细活儿，一直到月亮升上屋顶，大茶壶里的茶叶梗子再也泡不出味道了，建兴仔便在老师傅的监督下关上桧木门，上床睡觉。几十年的老店了，店内堆满了各式木料和人家定做的半成品，睡觉的时候，师徒俩都睡在刻牌匾和佛像的木料上。一块上好的肖楠木板，国彰仔在上面睡了几十年了也没有人买去，现在都出油发光了，密密的木纹裹上一层晶亮的皮壳，即便有人要也舍不得卖了。平日里，那些闲来无事的罗汉脚们也挺喜欢来雕刻店里瞎混，闻闻木屑的香气，讨口茶水解渴，他们最常问建兴仔的一句话便是："死囝仔，什么时候轮到你困肖楠板啊？"建兴仔闻言总是傻笑，还不忘把手上的凿刀握紧了，以免让人看轻自己。

　　而对门的和尚庙呢？月娘走远之后，老和尚依旧纹风不动，继续诵他的经，做他的晚课，天顶的月娘从大悲寺屋脊上露出一整张脸来之后，老和尚平稳的唱诵，间或夹杂着远方几句凄凉的狗吠，便是矮厝巷唯一的声音了。时辰一到，足足一个小时的晚课结束之后，老和尚便领着身后的小徒弟回到寺里，弄些稀饭、黄萝卜给克昌仔吃，当作晚饭。老和尚过午不食，自己是不吃的，小徒弟年纪小还在发育，不吃点东西填到胃里一整晚都睡不着。吃过稀饭，师徒俩也就早早睡了，隔天清晨还得起来做早课。

月娘斜斜升到屋顶上之后，矮厝巷就完全安静下来了。

一直等到三更半夜，才会有一阵沉沉的、闷闷的三轮车链条绷紧的声音从矮厝巷头划到巷尾，在月娘家的门口停下来。此时，月娘多半已醉醺醺的了，她付完车钱，拉开一片木门，一张浓妆艳抹的美丽脸孔便消失在月光底下了。三轮车夫接过钱，也没道声谢，就原地转个小圈，顺着来路骑走了。沉沉闷闷的链条声又从巷尾传到巷头。

当然，矮厝巷也并非每晚都这样安安静静的。

打铁仔的罗汉脚说"一枝草一点露[1]"，他说这话的

1　一枝草一点露：有草就有露水，指天生我材必有用。

时候经常心里想的是月娘，手里抱的是菜脯寮的私娼丽花仔。每隔一阵子，若是白天里生意尚好的时候，打铁仔的就会在月娘离家上班的身影远去之后，悻悻然走到卖豆腐的、搓草绳的和补破鼎的店门口使个眼色，到了月娘刚刚从大悲寺后面探出半张脸的时候，罗汉池边就聚集了四条罗汉脚仔的黑影。在月光的照映下，一瓶米酒头仔[1]从前面那个人传到后面，再从后面传回来，穿过人家农舍的时候，照例激起一阵狂吠，和几声咒骂，一直到了菜脯寮的私娼馆门前才停歇下来。"吃饭配菜脯，存钱开查某[2]。"菜脯寮的名称就是这么来的。

完事之后，四条黑影就着黯淡的月光，顺着原路打道回府，一瓶米酒头仔继续从前面传到后面，再从后面传回到前面，田埂上的人影歪倒倒的，然而却安安静静的，经过人家农舍的时候，狗也不吠了，只从鼻管里挤出一小丝丝疲困的低鸣聊备一格便又歪下脖子了。

回到罗汉池畔，偶尔，意犹未尽的罗汉脚仔们借着三

1　米酒头仔：米酒头。用米类所酿造的酒，纯度为35%，一般比米酒高，可以用来饮用或入药。

2　吃饭配菜脯，存钱开查某：吃饭配萝卜干，省吃俭用，却拿钱去嫖妓。开查某，嫖妓。

分醉意还要嬉笑怒骂好一阵子，时而一齐拍手唱几句从私娼馆里学来的歪歌，忽而推挤拉扯起来，兴头大的时候，还胆敢拉下裤子往罗汉池里的乌龟身上喷尿哩。

　　这一闹，隔天在溪边洗衣服的阿嫂们又有话聊了："昨晚，那阵痟狗又搁¹流猪哥涎²了，三更半暝³吵得人袂⁴困……""人家罗汉脚仔困袂去，你也跟人困袂去哦！"另一个讥讽的声音回话了，两人于是放下手上的衣领，使劲地往对方身上扯衣服，众人也都笑了，笑声比小溪里的泡沫还多。

　　如是周而复始的日子又过了好几年，罗汉埔的月娘依旧妖娇美丽，每天傍晚出门的时候，依旧艳光四射、扣人心弦。倒是打铁仔的这群罗汉脚仔有点出老了，一个个变得肥头大脸，肚子挺起来了，手脚却好像缩短了，依然是孤家寡人、两袖清风，赚来的钱全都填进菜脯寮里去了，每当月娘的身影从店门口经过时，嘴上也不再咄咄逼人了。

1　搁：又、再、还，或是反倒、出乎意料。此处的意思为前者。

2　流猪哥涎：特指好色之徒见美色而流口水的样子。猪哥，引申为好色的男子。

3　半暝：半夜、深夜。

4　袂：不。否定词。

变化最大的，要数建兴仔、克昌仔和小月娘这三个小孩子。

建兴仔已经学得一手好技艺，别说一般的牌匾、窗花难不倒他，就是镂雕透光的山水花鸟屏风堵都能刻得栩栩如生；剩下来的，就等老师傅国彰仔把雕刻佛像的绝活放给他了。

小月娘的变化就更大了。不过几年光景，小姑娘就出落得标致玲珑、唇红齿白，一双清澈的大眼睛认真看人的时候，再没心眼的人也不由得低下头来想到自己命薄福浅八字轻。

小月娘天真活泼，却也听话，白天没事喜欢到处看人做活。她记得月娘交代的话，从不走远。

平日里，小月娘挺喜欢闻木头的香味，桧木、樟木、肖楠的香气一闻便知，因为她经常到隔壁的雕刻店里看国彰师傅在长方形的木块上为佛像描墨线、打粗胚、收光、上漆线、贴金箔，也喜欢蹲在建兴仔旁边看他用尖尾刀口挖出鸟嘴，为美丽的仕女划出裙摆的弯弧。国彰师傅很疼小月娘，店里偶有糕饼，必定等小月娘来了才切开分食；建兴仔也很喜欢小月娘来陪他刻花片，身边有漂亮小姑娘的时候，建兴仔的刀尖特别细腻，刻出来的花瓣都会笑，然而，他又很怕小月娘来，因为师父教他东西的时候很严厉，时不时还会打他。小月娘在店里的时候，建兴仔觉得挨打的地方特别热。

除了雕刻店之外，小月娘最常去的地方就是自家大门对面的大悲寺了。

老和尚起得早，克昌仔虽然还未剃度受戒，每天也是跟着做早课、学敲木鱼、持大悲咒。做完早课，克昌仔自己喝两口地瓜粥；老和尚日中一食，所以不吃，要等到十一点多，快到正午之前，才吃一顿饭。

早饭之后，克昌仔就拿了竹扫把到寺门外和罗汉池去打扫，顺便撒一把米糠喂池里的乌龟。

小月娘也起得早，每天，她都随着祖父、祖母早早就起来了，她也学克昌仔拿了扫把在自家门口到处扫扫，有时候起晚了，发现家门口已经有人为她打扫过了，于是她挂着竹扫把，水汪汪的眼睛盯着大悲寺的牌匾看。隔天，仿佛跟自己赌气似的，特别起个大早，从自家门口一直扫到大悲寺的门槛前面。竹扫把在地上哗哗地响着，老和尚的念诵稳稳地唱着，克昌仔的木鱼声却忽快忽慢，倒像是荒腔走板了。

　　每天打扫完寺里寺外，克昌仔会先烧好师父的午饭，然后趱在菜市场收摊前，去跟菜贩收一些残茎破叶，装在一个竹提篮里带回大悲寺，这便是隔天要吃的了。克昌仔去菜场的时候，小月娘也爱跟去，她帮克昌仔提竹篮子，跟卖菜的要剩菜。那些卖菜的阿嫂都疼爱小月娘，见她来了，出手都大方，有时，整颗的高丽菜和整条的丝瓜也给过，眼睛都不眨一下。她们都喜欢小月娘来撒娇讨东西，而不希望克昌仔开口要，因为她们觉得克昌仔生得俊美挺拔、相貌堂堂，不该干这斯文扫地的事。克昌仔知道自己天生脸皮薄，于是也乐得有小月娘代劳。当然，市场里也有嘴上不饶人的，卖猪肉的只要见到克昌仔从猪肉床前走过，就每每作势剁下一条脊骨对他叫唤道："来来来，克昌仔，这龙骨拿转去乎[1]你师父炖汤补骨髓，喝下去吓吓叫哦……"卖鱼的见小月娘挽着竹篮笑容盈面，心里也七上八下的："查某团仔，你吃饱闲闲跟着和尚是要创[2]啥？来乎我做媳妇好唔啦？"这个时候，克昌仔总是红着脸低下头

1　乎：给。

2　创：做、弄。

来，小月娘也红了双颊，嘟起嘴巴，想要骂人，又不知道可以骂什么，半天儿也生不出一句难听的话来。

收完剩菜，两人又从菜市场走回大悲寺，一路上，依旧是克昌仔走在前头，小月娘挽着一篮菜紧跟在后，克昌仔要帮她提，她不肯，她说男孩子提菜将来没出息，还说这是卖菜的阿嫂告诉她的。

回到寺门口，小月娘才将竹篮子交给克昌仔，然后回自家去陪祖父祖母吃中饭。吃完中饭到隔壁雕刻店帮国彰老师傅烧壶热水，看建兴仔刻一会儿花片，然后再回家陪母亲梳洗妆扮、吃点心。克昌仔接过竹篮子傻愣愣的也不会道声谢，提着一篮菜就转身进门，把菜放在厨房地上，盛一碗饭。桌子上有师父留给他的两小碟菜，克昌仔独自扒着饭，眼睛盯着水缸边那篮子菜，扒着扒着，嘴里觉得香甜，有时一碗饭吃完了，还没夹一口菜。

如是又过了几年，小月娘依旧时不时帮克昌仔提菜篮，只是两人一前一后的距离越来越大了，每隔一年，就自自然然地把两人隔开一步；渐渐地，乡里的闲人也看出不只一点意思来，于是便有好事的卖菜阿嫂找上了月娘，自告奋勇地为没父没母的克昌仔做起媒人了。

月娘没有意见，同意了。

这事很快地在罗汉埔传开来了，街坊邻舍从来就没有这么投契过，一致公认这是天作之合。那些一辈子打光棍的罗汉脚仔们更是再同意不过了，好像要为干儿子娶媳妇似的，一谈起来就争执得没完没了，仿佛自己才是真正的过来人一般。

然而，谁跟老和尚说去呢？

打铁趁热，打铁仔的在铁砧上杠一铁锤，说这事他包了。

打铁仔的到雕刻店请国彰老师傅翻黄历看黄道吉日，老师傅心里觉得不妙，但嘴上并不说，帮他挑了几个适合嫁娶的好日子。小徒弟建兴仔在一旁全听到了，心底冒出许多不敢说出的话，像一片杂草，拔了一根，又长出一根。

打铁仔的看好了嫁娶的吉日，却忘了看适宜提亲的良辰了，他信心满满地走进大悲寺去，半晌，又垂头丧气地走出来。

罗汉脚仔们都围上来了，七嘴八舌。

"妥当了？"补破鼎的说。

"老和尚点头了？"卖豆腐的说。

"嗯唉，打铁仔的你讲话啊！"搓草绳的说。

打铁仔的搔搔肚皮，不知该怎么说。

因为老和尚什么都没说。

打铁仔的进到寺内跟老和尚说明来意之后，老和尚双手合十，念了一声佛，就独自走到佛桌前趺坐合掌，不发一语，克昌仔噤不敢言，打铁仔的无计可施，只好摸摸鼻子走出寺外。

老和尚一连坐了三天三夜，不吃不喝不倒单，直到克昌仔在佛前跪地求忏悔为止。

从此，这事再没有人提起。小月娘也不再陪克昌仔上菜场了，又隔年，克昌仔便正式出家了，法号如因。

每当想起此事，打铁仔的还愤愤不平的，他来雕刻店讨茶水喝的时候，嘴里骂的脏话像放连珠炮似的。国彰老师傅依旧沉默不语，倒是建兴仔越听越顺耳，做起活计来更起劲、更卖力，晚上也睡得特别香沉。

日子又回复到往日平静的时光，只是小月娘不再陪克昌仔，或者如因法师上菜市场捡剩菜梗了。其实，小月娘这几年哪儿都不去了。起先，小月娘还偶尔到隔壁的雕刻店去寻老师傅烧壶开水泡茶，等水开的时候，她坐在小火炉边不发一语，眼睛痴痴地看着壶身上的火舌，一壶水烧到后来往往剩下不到半壶了。建兴仔在一旁看得眼热，却也无计可施。他自己也时常对着眼前刚打好粗胚的佛像发呆，好半天才动一槌、刻一刀，刻出来的面容都像小月娘。后来，小月娘连雕刻店也不再去了。日子一天天过去了。

每天傍晚，天顶的月娘刚刚探出半张姣好面容的时候，委厝巷的月娘也就跟着出来了。

月娘显老了，那些罗汉脚仔们也是一样，每当月娘从他们的店头前走过的时候，打铁仔的他们有时连头也不抬一下了。

国彰老师傅和净业法师也更老了。国彰仔已经两眼昏花，前些日子还从肖楠板上摔了下来，现下，甭说是拄拐杖，就连下床都有问题了。

老和尚的身体也虚弱了，克昌仔在佛桌旁为老和尚做了一张禅椅，每天早晚课的时候，克昌仔负责唱诵、敲木鱼；老和尚终日在一旁闭目捻佛珠，嘴巴偶尔微微颤动一下，似在持佛名号。

建兴仔仍然维持多年的老习惯，每天傍晚独自一人在凉亭仔脚就着残存的天光吃晚饭；克昌仔也承继老和尚法脉，每天傍晚在寺门口站一小时念诵持咒做晚课。月娘从他们面前经过，他们都看到了，彼此相对无言。矮厝巷的罗汉脚仔们都散去了，不再巴着月娘说痟狗话；月娘出门时，也不见小月娘怯生生地站在门口目送母亲离去了。这年冬天，国彰仔死在肖楠板上了，一个寒夜过后，建兴仔叫师傅起床吃稀饭的时候，发现老人家已经过去了，身体冷冰冰的，和床板边的那副拐杖一样硬邦邦的；没多久，净业法师也道成西归，坐在禅椅上圆寂了。识者都说老和尚功夫沉厚，已经消业往生西方净土见阿弥陀佛去了。

隔年夏天一个闷热的深夜，矮厝巷的人都熟睡在梦乡里的时候，照例一阵沉沉的、闷闷的三轮车链条绷紧的声音从矮厝巷头直直划到巷尾，在月娘家的门口停下来。这次，月娘是被人抬进屋里去的。木片门拉开又关上，屋里传来一阵号啕的哭声。那是小月娘的声音。

隔天消息传开了，没有人知道到底怎么回事。在溪边洗衣服的阿嫂们交头接耳，有人说月娘被人下药了，所以变得不省人事；也有人说是因为月娘年老色弛了，只好跟人搏酒拼气魄，才会喝到倒地不起。阿嫂们压低了声音，话里有话，总而言之，老天作孽，现在月娘倒下了，上头还有拖老命的公婆，这下小月娘的日子不知该怎么过了。阿嫂们说着说着都放下了手上的衣服去擦眼泪。

有人说，月娘是因为这辈子该赚的钱已经赚完了，所以人就不行，准备走了。

他们说月娘攒下了大把大把的钱，全都藏在一个大猪油罐子里，那些钱多到可以买下整条矮厝巷都还绰绰有余。也有送米的说那个罐子就在小月娘的眠床底下，他送米去的时候，曾经亲耳听过小月娘进房里去掀开陶罐盖子时，那阵沙沙的摩擦声。

原本足不出户的小月娘依旧哪儿都不去，日常所需的衣食、中药等等都有店家为她送去，从此，罗汉埔的人想要看这水当当[1]的姑娘一眼都不容易了。

月娘倒下之后，矮厝巷的黄昏更加寂寥了。

白天里还有打铁的、吆喝叫卖的、夫妻吵架、打小孩的种种嘈杂声此起彼落，划破清静。到了傍晚，街坊邻居三姑六婶都进屋里吃晚饭之后，巷里就只剩下建兴仔和克

1　水当当：形容非常漂亮。

昌仔两人还在屋外了。

建兴仔早已出师，跟他比较不相熟的人见到他也都喊他一声师傅了。每天傍晚，建兴仔孤零零地坐在店门口的矮桌旁吃晚饭，自己煮，自己吃。逢年过节自己加一碗肥肉或是一碟小鱼干，平常还是只吃些咸菜下饭，常常一顿饭吃下来，除了对门正在做晚课的克昌仔之外，连半个经过的路人都没有，菜脯干在嘴里滋滋价响的声音听得特别清楚。吃过晚饭，晚上拉了店门就睡在肖楠板上。

克昌仔，应该说是如因法师，依旧照例在傍晚时分起到寺外站着做晚课。出得寺门外，他会先跟对面凉亭仔脚的建兴师傅点点头，然后依旧是老和尚传下来的凌空三击掌，接着闭目轻声念诵经文，念的是哪一宗门哪部经，没人晓得。

如是又过三年。

一日傍晚，天顶的月娘刚刚探出半张娇嫩面容的时候，矮厝巷尾的小月娘也跟着出来了。

小月娘一身打扮艳光照人，静悄悄地往喜春楼的方向走去了。

那晚，矮厝巷和往日一样平静，人家都在屋里吃晚饭，打铗仔的那群罗汉脚仔们也都没有注意到小月娘的身影从自家店门口走过去，否则一定会瞪大了眼珠、张大了嘴巴，恍惚间，以为时光又倒退了不知多少年。

唯一看见这一幕的，就只有建兴师傅和如因法师了。

建兴仔在凉亭仔脚吃中午的剩菜饭，看见小月娘打面前走过，一口饭刚扒到嘴边，差点把竹筷子给插进鼻孔里去了。

如因法师听到小月娘的脚步声，也睁开眼睛看到了。他和建兴师傅一起看着小月娘的背影渐渐走远，走出巷口不见了踪影。如因法师双手依旧合十，一双眼却没再闭上。

这晚，建兴师傅刚吃过晚饭，就早早拉起店门了。平常，夜晚的雕刻店都只收拾一些细活儿，这时，却可清楚地听到一阵阵木槌敲击凿刀的拍打声从店门内磅磅传出，整夜未歇。

在这一阵阵猛烈的敲打声中，还可听出一长串绵密细碎的木鱼声夹杂其中，幽幽不绝。那声音较往日来得急切许多，听起来好像在赶路似的。

罗汉池

　　罗汉埔确实有许多的罗汉脚，到底是因为有许多的罗汉脚所以叫作罗汉埔，或者是因为叫作罗汉埔所以才会有这么多的罗汉脚，已经没人搞得清楚了。罗汉埔的女孩子本来就不多，长大了以后大多也是嫁到邻村他乡。罗汉埔的罗汉脚就愈来愈多了。

　　第一代的罗汉脚像老雕刻师傅国彰仔和净业老和尚他们已经凋零殆尽了；第二代的罗汉脚包括打铁仔的、卖豆腐的、搓草绳的和补破鼎的这群也老了，白天里不再到处耀武扬威乱吹牛，到了夜里也不再左顾右盼斗志昂扬了。

　　第三代的罗汉脚当中，比较出名的是建兴师傅、如因法师和林大手。

　　自从国彰仔死了之后，建兴仔便继承了雕刻店，成为建兴师傅，相熟的人还是叫他建兴仔。有媒人找上建兴仔，要帮他找个牵手[1]，他总是摇摇头，推说店里生意不

1　牵手：太太、老婆。

好，这事还不急。店里生意不好是真的，找个牵手这事其实他很心急，但心急也没有用。他中意隔壁的小月娘，打从小就喜欢，可是现在小月娘走上了她母亲的老路，成了喜春楼的头牌酒女。建兴仔的心底凉了大半截，可是还抱着一丝丝希望的余烬，总想着哪天能轰轰烈烈地烧出它一片大火来。

为了奉养老迈的祖父母，和长年卧病的母亲月娘，小月娘终于被喜春楼的老鸨子说动了，正式挂牌接客，不出几日便花名远播，成为头号红牌。

建兴仔的婚事拖延了跟小月娘有关，而雕刻店里的生意不好，也跟小月娘有关。

建兴子继承了雕刻店，也继承了老师傅国彰仔的手艺，山水花鸟仕女神佛像无一不精，可惜风评不佳。人都说建兴师傅刻的头像一律丰腴美艳、若施胭脂，不适宜人家供奉，恐怕邪门。

建兴仔自己也知道这点，于是无话可说，只好接点散工碎活，度日无虞，若要娶亲，的确勉强。打从小当徒弟学刻工开始，建兴仔每天盼的就是隔壁的小月娘过来店里转的时候。小月娘一来，老师傅的心情也特别好，偶尔气氛热闹的时候，建兴仔也敢放下手上的刀槌，坐到小月娘旁边的木板凳上，一起喝茶吃饼，听老师傅说一段三国或是封神演义。过了几年，小月娘长得亭亭玉立了，建兴仔对这小姑娘更是念念不忘，朝思暮想，到了后来，刻出来的头像自然都像小月娘了。老师傅国彰仔已经看出这点，可惜来不及修正，他老人家便已驾鹤西归了。

国彰仔出殡的那天晚上，建兴仔整晚翻来覆去没阖眼。送老师傅上山的时候，建兴仔捧着神主牌位，打铁仔的那班罗汉脚仔扛棺材、撒纸钱，一直到了在老师傅的棺材上撒一把土的时候，建兴仔才忽然号啕大哭，跪地不起，前脑勺扑倒在刚翻开来的碎石黄土堆上一连撞了几十下，才被众人拉住了。打铁仔的二十多年没哭过了，见到此情此景，也背过身子去擦眼泪；搓草绳的收起了用来把棺材吊进墓穴里的粗草绳，腮帮子绷得紧紧的；卖豆腐的蹲在坟边，神情麻木喃喃自语着："国彰师啊，后世人[1]呒通[2]搁再来做罗汉脚仔，卡早[3]去出世卡好命咧，呒通搁再来

---

1 后世人：下辈子、来世、来生。
2 呒通：不可以、不要，是一种语气较委婉的劝说或请求。呒，表示否定。通，可以、应该、应当。
3 卡早：早一点、提早。

啊……"只有补破鼎的比较释怀一点，他走近建兴仔说："恁老师傅收你这个徒弟仔也不枉这一世人了……"

下山的时候，建兴仔捧着神主牌位，打铁仔的跟他说了一句话："晗嘛[1]换你困肖楠板了，后摆，恁老师仔的名声就要靠你传落去了。"

夜里，建兴仔在国彰师傅的牌位前上了香，红了眼眶。他坐在老师傅生前睡觉的肖楠板上，感觉细密油亮的木纹象婴儿皮肤一样光滑，手掌抚在木板上，好像还温温的。老师傅生前用了一辈子的那副拐杖还靠在床板边，建兴仔躺下身来，头靠在老师傅的竹枕上，脖子凉凉的，心里扎扎实实感觉到国彰师傅已经不在人世了。从前，他还当学徒的时候，打铁仔总喜欢调侃他："死团仔，什么时阵[2]轮到你困肖楠板啊？"现在，他第一次睡在这肖楠板上，两眼睁睁看着头顶的杉木横梁，眼泪流到了耳轮里。

建兴仔这眼泪有一半是为自己流的。

还是当小徒弟的时候，建兴仔曾经做过最美的一个梦，就是早日出师，然后娶隔壁的小月娘为妻，再生个小

---

1 晗嘛：如今、现在。
2 时阵：时候。

娃儿，让老师傅国彰仔享几年清福，过几年含饴弄孙的好日子。有时，想着想着入迷了，建兴仔连小孩的名字都想到了，想到了却又觉得不妥，在心里头改来改去，改到后来，又举棋不定，觉得同时有好几个满意的又割舍不下了。为人刻牌匾时，若是刚好刻到和小孩名字同音或同字的，脸上还不知不觉地笑开了。

这一晚，建兴仔一整夜没阖眼。原先他是感念老师傅国彰仔的栽培之恩，直到泪流满面，没想到哭过之后，心底舒服了，精神也好了，于是不知不觉心思便穿墙而过，放在隔壁的小月娘身上了。建兴仔提醒自己不该在师傅出殡的当天晚上便不停想着那些男女之事，然而越是叮咛自己，心底便想得越厉害，背脊骨下方的肖楠板就变得更加硬邦邦的、凉飕飕的，叫人手脚冰冷、口干舌燥。

建兴仔从肖楠板坐起身来，将老师傅的一双拐杖收到堆杂木的黑暗角落里去，用铁钳子夹几根木炭生火烧水。火舌从烧水的胖陶壶底下蹿上来，这个陶壶，他和师傅共用了这么些年，现在师傅走了，倒显得壶身过大了。这一烧水，建兴仔心底就更想着小月娘了。早几年，小月娘还常来雕刻店里消磨时间，她最爱帮老师傅看火烧水，烧完了水就撒一把茶叶梗子进去焖出一大壶苦苦甘甘的茶水来，再用一块抹布包住提把，把茶水分到三个粗茶碗里，水蒸气从收口的茶碗上冒出来，看起来热热闹闹的。

一颗火星从火炉里蹦到地上，由红转黑，由黑变白。建兴仔的眼皮眨了眨。

可惜，小月娘从来没有思慕过建兴仔。

早些年，小月娘还常常来雕刻店里转的时候，她心底中意的就是自家对面大悲寺的如因法师。彼时，如因法师尚未剃度出家，还是在家人打扮，大家都叫他克昌仔。克昌仔生得英俊挺拔，颇具威仪，有好事者想促成这份姻缘，打铁仔的也自告奋勇到寺里提亲去了，结果净业老法师一口气在佛桌前趺坐了三天，不吃不喝不言不语，打铁仔的无功而返，这事从此没有人再提。

小月娘想是心里受了刺激，从此便不太出门了。

老雕刻师傅国彰仔过世之后，建兴仔还对小月娘抱着很大的希望，每天认真工作，可惜口碑不佳，生意始终好不起来。如是过了几年，小月娘走向喜春楼，建兴仔则走向菜脯寮的私娼馆，步上了打铁仔那群罗汉脚的后尘。

在罗汉埔最出名的三位罗汉脚当中，如因法师是吃斋念佛不近女色的，其余两个，建兴仔和林大手则都是扎扎实实嫖出名来的。

林大手的先人正是罗汉埔的大有钱人林大柿。那年，林大柿梦中经神明指点，若想得子，须到本地矮厝巷礼敬诸佛方能如愿。梦醒，林大柿遵嘱寻来，矮厝巷果然有出家比丘，正是净业法师。后来林大柿又得一梦，若欲求子富贵，还得造池放生，并于池上设十八罗汉趺坐像。隔年，林大柿果然一举得子，罗汉池也造好了，放生法会也办过了。林大柿中年得子，疼爱非常，取名林小可，族人奴仆皆视为至宝，宠爱有加，五岁以前，林小可总是被人抱在手上，几乎不曾下地走路。得子之后，林大柿家道益兴，林场油厂及各色作坊也都生意兴隆，一时家业盛况空前。人都说这是因为林小可天生带财的关系。

为了延续香火，未及弱冠，林大柿就为林小可娶亲了，对方是个教书先生的女儿，长得眉清目秀，很识大体。这女孩也很争气，过门之后第二年就替林家添了香火，生了一个白白胖胖的金孙，便是林大手。

林大手人如其名，天生一双大手，花起钱来也很手大，往好处想，可说这人天性慷慨，颇富侠义之心；若往

坏处说 这人也不无几分挥金如土的败家之相。但是林家三代单传，林大手有林大柿撑腰，自然是如鱼得水，凡事逢凶化吉了。

林家的祖业有林大柿和林小可掌管着，林大手在这方面倒也插不进他的大手，正好成天游荡、呼朋结党，日子过得倒也非常惬意。

第一回上喜春楼，林大手就觉得相见恨晚。喜春楼的老鸨子和姑娘知道他是林大柿的金孙，都使出浑身解数侍候得好好的。林大手给起赏钱也不负众望，皆令欢喜，因此人缘极佳，在罗汉埔远近驰名，无人能敌。从此，林大手在喜春楼夜夜笙歌，天天报到，就当上班似的。日子久了，林大手对喜春楼的庸脂俗粉也感到几分乏味了，这时，小月娘出现了。

小月娘挂牌接客的第一天，便是侍候林大手。老鸨子将清丽脱俗又艳光照人的小月娘带到林大手面前时，林大手顿时惊为天人，大手往酒桌上一拍，拍断了一双象牙筷子。

当天晚上，林大手就彻夜不归，通宵饮宴，并且出了一个好价钱让小月娘开脸了。

这事隔天就传遍了罗汉埔。

罗汉脚们心事重重，全都放下了手边的工作，聚集到罗汉池来了。

打铁仔、卖豆腐的、搓草绳的、补破鼎的全都来了，他们有气无力地倚在石栏边，像池面上的乌龟一般抬头望着天上缓缓飘过的云朵。

这群人已经有好长一段日子不曾聚在罗汉池边了。过去，即使要聚在池边，也是等到明月高挂的时候，由打铁仔的带头，众人先在池边喝几口酒，然后拎着酒瓶，在月色底下穿过一大片菱角田，往菜脯寮的私娼馆迈进。现在，大白天的，这群罗汉脚像四条老狗似的围在池边晒太阳，此情此景，倒是令众人都觉得似曾相识，却又陌生得很。

照例又是打铁仔的先燃起了雄心壮志，他又转头对众家兄弟说起了那重复了不知多少年的老调："一枝草，一点露。"于是打发众人各自回去剃头洗澡，约好了晚上带足了钱到罗汉池边集合，再到私娼馆去逞一次英雄。

夜里，天顶的月娘刚刚从大悲寺后面探出半张脸的时候，罗汉池边又聚集了四条罗汉脚仔的黑影。

　　在月光的照映下，四条黑影从罗汉池边的菱角田埂路上走过，步伐不像当年那般敏捷了。一瓶米酒从最前那个人传到后面，再从后面传回来。穿过人家农舍的时候，围墙背后的狗儿似乎也对这群临老入花丛的罗汉脚仔们不太满意，吠叫得特别凶猛。打铁仔的和补破鼎的各自从地上捡起一块巴掌大的石块往围墙里砸去："干恁老岁仔¹咧，恁是呒²欢喜是嗯……"

　　到了菜脯寮，老娼头与罗汉脚们多日不见，又看众人都梳洗打理妥当，似有备而来，便也不曾怠慢，立刻趋上前去调笑："唉哟，迄久没看见，想说恁拢抬去种了咧，没意到老岁仔搁会剥土豆³哦……按怎⁴？等一下是呒通软脚哦。"

　　打铁仔的他们四个被老娼头说中了心事，一个个都低下头去。也不知道来人是春花还是秋月，只有硬着头皮任姑娘们像牵老牛似的带进小隔间里去验明正身了。

1　老岁仔：指称年长者的说法，通常带有轻蔑的意味。

2　呒：没有、不；也表示语气转折，有"要不然"的意思；或是当作句末疑问助词，用来询问是或否、有或无等，多读为轻声。

3　老岁仔搁会剥土豆：老了还能吃花生，引申为老当益壮。土豆，指花生。

4　按怎：怎么、怎样。通常用于询问原因、方式等，有时也含有挑衅的意味。

　　一进小间，老罗汉脚们形单影只，悉皆垂头丧气、有勇无谋，又怕草草了事，受同伴讥笑，只好死赖在床上埋头苦干，受姑娘们白眼，只当作花钱消灾吧！

　　完事之后，四条黑影就着黯淡的月光，顺着原路打道回府，一瓶米酒头仔继续从前面传到后面，再从后面传回到前面。田埂上的人影歪歪倒倒的，然而却安安静静的，经过人家农舍的时候，狗也不吠了，连从鼻管里挤出一丝丝疲困的低鸣聊备一格也无。

　　打铁仔的在前，补破鼎的殿后，走着走着，菱角田的那头出现了一个晃动的黑影，似人非鬼，跟跟跄跄往众人的方向走来。

　　彼时，打铁仔的扬手示意众人停下，用手掌贴在脑门上，向前看斟酌去，来人不是别人，正是同住矮厝巷的雕刻师傅建兴仔。建兴仔手上也拎着一瓶米酒，边走边灌，迎风走来，短上衣的下摆偶尔被吹起一角又垂下来。

　　建兴仔愈走愈近，打铁仔的已经可以看见从他歪歪的嘴角淌下的一条酒印子了。

　　老罗汉脚们不知不觉跨了一步靠到田埂边上，好像四根破烂的稻草人。

众人面面相觑。

建兴仔已经喝红了眼，一身酒气快要从耳洞里冲出来了。他打四位前辈面前走过，用混浊的眼珠子看了打铁仔的一眼，又灌一口酒，自顾自地继续往菜脯寮走过去了。

众人目迎目送，待建兴仔走远之后，又一齐走回到小路当中，闷着头往矮厝巷的方向走回去。

"干，猴死囝仔也不会打一声招呼，给恁爸当作看到鬼是嘿？"打铁仔的走出几步远，心有未甘地发作起来。

"猴囝仔？人吟嘛也会开查某啰，嘿，嘿，这不成子[1]，好的不学，歹的学透透。"卖豆腐的言下之意，除了自我消遣，还带有一丝丝羡慕的成分在里面。

"要呒你要叫人创啥？每天吃饱闲闲绑一粒卵芭做猶狗哦？"差草绳的也为建兴仔说话了。

"一枝草，一点露啦，恁烦恼人还未嫁就大肚？人不凤流枉少年，恁大家卡恬咧卡无蚊[2]啦……"补破鼎的这话把打铁子的嘴角堵得死死的，众人于是又沉默下来，继续往前走。走到罗汉池边的时候，也不像早几年那样意犹未尽

---

1 不成子：不良少年、小混混。

2 卡恬咧卡无蚊：保持安静就比较不会受到蚊子的侵扰，比喻不说话就没事。

地还要逗留在池畔嬉笑怒骂好一阵子，或是拍手唱几句从私娼馆学来的歪歌，更没有兴致拉下裤子往罗汉池里的放生龟头上喷尿了。

月娘高高挂在不远处大悲寺的瓦顶上，更远处的树顶上镶了一层银白色的亮光，打铁仔的忽然伤感起来，顿觉岁月不饶人，自己这辈子也不知道还能再看几次满月？况且，就算再熬个十八年，横竖也变不成一条好汉了，于是幽幽叹道："早知卡早去跟老和尚学做和尚就好了……"

打铁仔的这话说完，众人不约而同地往月光底下的大悲寺看去，仿佛都看穿了那堵墙壁，还看见年轻的如因法师正躺在禅床上睡得香甜呢！

彼晚，建兴仔在私娼馆不鸣则已，一鸣惊人。

这事隔天就传遍了整个罗汉埔。

溪边洗衣服的阿嫂们听到了风声，不停地交头接耳，讲话声音压得低低的，笑起来又比火鸡母还大声，气氛热络得连溪水从她们面前流过都要上升个好几度。

建兴仔那晚的确是身手不凡，算是给罗汉脚们争光了。

菜脯寮的老娼头逢人便说这个少年仔好像是来抽税

的，姑娘们无一幸免，到了后来，要不是自己躲得快，恐怕也要被建兴仔给抽干了呢！老娼头这一说，每每惹得众人哈哈大笑，有些不识相的熟客人就抬杠了："抽干就抽干了，反正老古井里面也呒多少水可抽啦！"这一说，连手下的姑娘们也笑得东倒西歪了，老娼头又表演一段恼羞成怒："笑恁祖妈，恁是给天借胆，活得太久嫌艰苦是毋……"

从此，建兴仔的名声不胫而走，很快地，便与林大手一样嫖名远播，不相上下了。不同的是，林大手是罗汉埔大有钱人林大柿的金孙，走跳的是贩夫走卒上不起的喜春楼，包的是头牌酒女小月娘，所以人称风流倜傥、潇洒出尘。而建兴仔跑的是私娼馆，赚的是零工钱，于是倒成了乡人用来告诫小辈的活教材了："恁大家要学好样，呒通学这个建兴仔吃饭配菜脯，存钱开查某。要知影，查某洞是害人缝，做人要卡规矩咧，呒通反形去。"

这些话说得挺刻薄，不过，建兴仔"吃饭配菜脯，存钱开查某"的窘状倒是一点不假。

打从小月娘在喜春楼让林大手开了脸的第二天晚上算起，菜脯寮的私娼馆就成了建兴仔的第二个家，平日刻花板雕花堵赚来的辛苦钱全都孝敬老娟头和她的姑娘们了。老娟头对建兴仔也热络得很，仿佛是自己的干儿子似的。那些卖身的姑娘们可就不这么想了，她们看建兴仔来了，一个个都如临大敌，生怕被这头猛兽相中，少不了一顿活受罪。建兴仔也知道这些姑娘们都躲他，所以每次上菜脯寮就轮流挑不同的姑娘。

如是征讨半年下来，建兴仔虽然盛名远播，可是真正被抽干了的，倒是他自己了。过去国彰老师傅辛苦一辈子攒下来的一些手尾钱，全被建兴仔掏光见底了，连数十年来存下的那些上好的桧木、樟木、乌心石等等作料也全都批给同行了。到了最后，老师傅用了几十年的一副雕刻刀建兴仔舍不得卖，于是卖了自己的那一副。剩下来的，就是晚上用来当床板睡觉的那块肖楠板没敢卖，怕如果卖了，以后死了没脸见老师傅。

幸好，建兴仔刻山水花鸟的功力倒是颇受肯定的，接这些散工活计倒也可以过活，只是赚来的钱都孝敬了老娟头，虽然吃饭只有菜脯干可配，酒还算是没少喝。

建兴仔日渐黯淡消瘦，却也财去楼空人安乐，两袖清风更无忧。

倒是如因法师反而被牵累了。

净业老和尚道成圆寂之后，留下了如因法师承续法脉，守着老和尚辛苦建立的大悲寺，和林大柿捐的罗汉池。如因法师维持了过去的老规矩，每天凌晨天未亮时便起来用冷水擦脸、烧香、做早课，然后拿一把竹扫帚到寺前的空地上扫扫地，一路扫到寺后的罗汉池。

扫到罗汉池那头，差不多也是东方既白、鸡鸣四起的时候了。

这也是如因法师最喜欢的时刻。

大清早的罗汉池凉爽怡人，没有半丝火气。池边的石栏表百冒出一层细小晶莹的露珠，在朝霞的映照下显得玲珑剔透，微微发亮，仿佛七宝铺设的西方净土一般温润而庄严。太阳再升起一些时，池水由墨转碧，池面上似有一层淡淡的烟岚盘旋飞升而去，十八罗汉塑像身着袈裟默坐池中。面向西方，斜斜的日影在罗汉头顶上镶着一圈圈的金光，煞是好看。

见此良辰美景，如因法师总是忍不住放下竹帚，倚在石栏边看上好一会儿，等到露水浸湿了衣袖，才回过神来，继续打扫落叶。扫完了，再走到池边的那两棵大杨柳树下略做调息，然后返回大悲寺烧水煮茶。

数十年如一日，罗汉池在十八罗汉的倒影下显得超凡脱俗，只是见者稀少。

而这份静穆的气息，倒是教建兴仔给破坏了不少。

自从建兴仔粘上私娼馆之后，罗汉池的清晨便不再那么平静无波了。

这半年多来，建兴仔铆足了全力往菜脯寮送钱，一个礼拜七天，倒有四五个晚上没睡在肖楠板上。每次从私娼馆出来之后，建兴仔拎着一瓶米酒，两眼迷蒙往回家的路上独自走去，边走边喝。走到罗汉池边时，见天顶上的月娘温柔静好，便心烦意乱，满腹委屈，于是索性坐在池边大柳树下的石椅上，对着池里零星浮在水面上的几只大乌龟喃喃自语。乌龟们果真很有灵性，就这么听着听着，听久了竟然也就听懂了，于是到了后来，只要看到半夜里有一个醉茫茫的黑影往池边柳树下走近时，便火速潜水入池底去，以保耳根清净。

如因法师便没这么容易了。

这罗汉池是大悲寺的寺产，自从老和尚道成圆寂之后，寺里也没别的，就是这个十八罗汉趺坐池中的景象令年轻的如因法师欢喜赞叹，可是，现存的一丝清净，倒教建兴仔给搅和了。

别的不说，自从建兴仔三天两头地倒在池边，哈着酒气呼呼大睡之后，罗汉池的好风好水就渐渐走样了。最明显的是，十八罗汉的光头上开始不断地有鸟屎落下了。过去数十年来，这是从未曾见的景象。日复一日，罗汉头上的鸟屎愈积愈多，远远望去，倒像是长出了三千烦恼丝似的。

从此，如因法师的清晨不再平静了，地上的落叶枯枝扫到一半，他经常伏在石栏上望池兴叹，因为罗汉们远远地端坐水中，实在打扫不易，况且鸟屎天天落下，无有穷尽之日，就算今天打扫抹净，明日又复如何？

到了后来，老天爷似乎也生气了，忽然一日午后下起大雷雨，厚团团的乌云在头顶上像海浪一般汹涌翻腾，果真迅雷不及掩耳，一道闪电凌空劈下，击中池中的那尊长眉罗汉，于是从此罗汉池中就只剩下十七尊罗汉塑像了。

这事造成不小的骚动，有好事者前往雕刻店规谏建兴仔，说他坏了一池好风水，才会使得罗汉池里平白少了一尊白眉罗汉。建兴仔并无诿过之意，他放下手上的刀槌，低头不语。来者乘胜追击，把他对不起老雕刻师傅国彰仔等等不是全倒出来数落了一番，一口气说过了瘾，却只见建兴仔缓缓扬起尖削的下巴，反问道："天公伯仔[1]若是生气了，为什么不打死我？我不时困在罗汉池边按怎拢呒待志[2]？"来者一时气结无语，只好败兴而返。

照例，倒霉的又是如因法师。

他不仅要打扫日益污浊的罗汉池，还经常得想办法把倒在池边的建兴仔抬回雕刻店的肖楠板上，以免他一觉不起，冻死在池畔。

毕竟两人是住两对门从小一起长大的，如因法师看到建兴仔从私娼馆出来之后倒在大柳树下呼呼大睡，每每于心不忍，况且池边露水较重，就算睡的是一头牛也得生病。刚开始，如因法师使尽了吃奶的力气才把建兴仔拖回家去，一路上频念佛号，流了满身大汗。到了后来，建兴仔依然故我，且变本加厉，如因法师想了又想，亲手钉了一个简陋的板车，车身的高度和建兴仔睡觉的肖楠板同高，日后，只要从池边把他拖上板车，然后推回雕刻店里

---

1 天公伯仔：老天爷。
2 待志：事情。

依靠在肖楠板边，再将他翻个一圈就移过床板去了。

有时候，在如因法师用板车将建兴仔运回雕刻店的半路，他却酒醒了。醒了眨眨眼，用手抹抹脸，不知酒醒何处，建兴仔于是便坐起身来，见如因法师正在车后使劲，一时无话可说，竟然也就闲坐不动如池中趺坐的罗汉般静默调息。

到了雕刻店门口，槁木死灰一般的建兴仔才从板车上走下来。有时候，如因法师会陪建兴仔一起进屋里去，帮他烧一壶茶，两人对坐在工作台边的两截长方形樟木角材上一起喝茶。这时，如因法师会劝建兴仔回头是岸，并为其演说三世因果、五善十恶。有时候，建兴仔会尾随如因法师一起回到大悲寺去，照样烧一壶热茶，两人对坐在佛桌旁，在奠上一块写了"南无大慈大悲观世音菩萨"的木牌前烧一炷香，就这么对坐不语，烧完一炷香。

建兴仔心底有一句话想问，一直说不出口。他总是差点忍不住想要问如因法师，多年前，当他还是克昌仔的时候，是否也跟自己一样，其实最希望的，就是把如花似玉的小月娘娶进门，脱离罗汉脚的命运，然后生几个小孩，取几个好听的名字。毕竟，当年小月娘中意的就是克昌仔，彼时打铁仔的来说媒时，如果老和尚点了头，或是克昌仔发起狠来违逆师父的心愿，那么这门亲事就一定成了。成了又如何？建兴仔想，成了便表示自己更加死了这条心了。小月娘和克昌仔郎才女貌，世间少有，自己恐怕连吃味的资格都没有。现在，小月娘被纨绔子弟林大手给包了，倒像是还给自己留了一线生机、一丝希望。或许过两年林大手喜新厌旧时，自己还能大器晚成也未可知。

如是在佛桌旁喝了几次茶，烧了几炷香，建兴仔倒像想通了什么，也就开始攒钱，不跑娼馆也不喝酒了，罗汉池畔的清晨也一连平静了好一阵子。

毕竟好景不长，如是不足两月，建兴仔又喝得大醉倒在大柳树下了。

那天中午，整个罗汉埔都在谈论一件事：林大手坚心要把小月娘娶进门了。

林大手对小月娘一见倾心，众人皆知。自从在喜春楼包下小月娘之后，林大手就几年不再回家去了。平日所需银钱与换洗衣物皆是差遣家奴回祖厝打点，他老兄一径饮酒作乐，赏花遛鸟无所不精，琴棋书画也略通一二，况且有小月娘随侍在侧，日子过得颇不惬意。但是长久下来，似乎也不是个办法。

林大手早就动了念头要把小月娘迎娶入门。

林小可这回真的生气了，认为婚姻乃终身大事，非同小可。毕竟，林家在地方上可是大户人家，岂可将一个青楼酒女迎娶入门？家仆来报，林小可大发雷霆，一家伙砸坏了自己最心爱的孟臣朱泥小壶和一张黄花梨木四出头官帽椅，亲自带人上喜春楼去赏了老鸨子一巴掌，把林大手五花大绑抬回家去。

林大柿也支持林小可的看法，希望能尽快替林大手找个好人家的姑娘。至于小月娘嘛，林大柿亲自上喜春楼去看过，的确美艳绝伦，作为林大手的偏房倒无不可，娶为正室，的确不宜。

这事倒难不倒林大手。不让小爷娶老婆是吗？走着瞧。

人说光棍不挡财路，林大手这就散财去也。

林小可不让林大手上酒楼是吗？不上就不上，林大手之后天天上酒肆赌馆输钱去，不但输大钱，输了钱还要请闲杂人等大口喝酒大块吃肉，家奴回去拿不到钱，林大手就撩起衣管裤脚，叫人挑了他的手筋脚筋，不必客气……

实在闹得不像话儿了，林小可还是只有花钱消灾，认赔杀出。

如是捅了几次大娄子，林小可终于妥协。林大手要娶小月娘可以，但不准进林宅祖厝大门，只能在外买屋购宅，另立门户。林大手闻言心喜，这下不但可以抱得美人归，还可脱离父亲的近身监管，岂不双美？于是心花一开，又到赌馆撒了一次银钱。

消息传开，彼日下午，老罗汉脚们又拉上店门聚到罗汉池边和老乌龟们一起晒太阳了。老乌龟们三三两两挤在池中的假山浮石上，拉起昂扬的脖子享受午后暖暖的日照，打铁仔的看着看着似乎又得到了启发，于是用砂纸般的手掌擦擦脸颊，对同伴们说："枯木逢春犹可发，还元归真再少年。大家拢有听过老先觉讲的话对嗬？"打铁仔的这一说，大伙又想起了数个月前在菜脯寮私娼馆活受罪的事情来了，一时七嘴八舌、摩拳擦掌，各个斗志昂扬，欲雪前耻。

于是大伙儿又约好了各自回去剃头沐浴，梳洗打理之后，再到补破鼎的店里集合。为什么到补破鼎的店里集合呢？因为自从上次大伙儿功败垂成落荒而逃之后，补破鼎的就偷偷侵了一瓮集数十味中药材之大成的虎骨酒，准备让老兄弟们再逞一次英雄。

这虎骨酒果然厉害，打铁仔的才喝一小盅，顿觉昨非今是；卖豆腐的也斟了满满一杯，霎时一股热气钻筋窜骨药到病除；搓草绳的见机不可失，岂可落居人后，于是也一饮而尽，嘴角都还没干，也是立刻精神百倍踌躇满志。至于补破鼎的自然也是当仁不让，直接以瓮就口。

打铁仔的深知打铁趁热的道理，于是率领了一班热血沸腾的老弟兄们出发，以免再而衰，三而竭。

这晚，菜脯寮的私娼馆真是屋漏偏逢连夜雨了。除了打铁仔的这班青面獠牙之外，连久未现身的鬼见愁建兴仔也来插一脚了。老娼头一则以喜，一则以忧，而姑娘更是不敢掉以轻心，个个花容失色，如临大敌却又责无旁贷，于是只有互相勉励一番。

这晚，从菜脯寮的私娼馆往回走的小路上，一共有五条排成一列的黑影子，打铁仔的在前，建兴仔殿后，一瓶老米酒从前面传到后面，再从后面传到了前面。天顶的月娘恬静地躲在一片黑云后面，只露出一小瓣脸颊，好像一个羞于见人的新妇。

众人似乎都被这片金箔似的夜幕感动了，一个个抬头挺胸，默默不语地走在农家田埂之间，却也惊起连声狗吠。凯旋的气氛难得地沉浸在一片如水的月色里。

回到了罗汉池边，众人终于难掩心中沉醉之情，于是卖豆腐的起头，一同唱起歪歌来了。池中央的乌龟们似乎也决定捧场了，全都伏在青石上，没有潜进水底去。

打铁仔的见众人依依不舍，于是又回到自家店里取来花生、米酒，供大伙儿尽兴。补破鼎的也放出豪语，并向老兄弟们忏悔尚有几瓮虎骨酒藏在自家床下，可供罗汉脚们择日再战。语毕，众人喜出望外，仿佛吃了一颗大还丹，全部回过魂来了，一个个往补破鼎的身旁欺近，作势要打。补破鼎的连声讨饶，直呼："自首无罪，抓到双倍。自首无罪，抓到双倍……"终究还是一阵拳起脚落，着实受了一顿。

不知不觉，东方既白。

早起的如因法师照例诵完了早课，取了畚箕扫帚往罗汉池畔走来，眼前景象，未曾得见。只见五个罗汉脚们七零八落地歪倒池边呼呼大睡，满地是碎落的红土花生壳和三三两两的空米酒瓶。

这一顿好睡，众人直到午时方醒。

打铁仔的最先睁开双眼，用手指头先朝自己胸口点了点：一、二、三、四、五、六？

咦，那倒卧池边大柳树下的，不正是大悲寺的年轻住持如因法师？

这一惊非同小可，打铁仔的连忙摇醒众人，摇不醒的便用脚踹，不一会儿工夫，众人皆如挺尸一般站起来了。

搓草绳的走到大柳树下，从长石凳边摸起一个空酒瓶，倒提起半空中，示意众人瓶中已经滴酒不剩，众人于是明白如因法师也喝了酒了，也倒在罗汉池边了，于是忍不住笑出声来。

这回，倒是轮到如因法师坐板车了。

众人在池边七嘴八舌之时，建兴仔已回到寺中推出原本是他专用的板车来，停靠在大柳树旁，将如因法师扛上车，然后往大悲寺的方向推去。老罗汉脚们有的拿扫帚，有的拿畚箕，有的拎着几个空酒瓶子尾随在后。

推出没几步，如因法师便醒了。他坐起身来，揉揉眼皮，不知酒醒何处。

建兴仔见如因法师跌坐车板上，怕他坐不习惯，从车上跌下来，于是便停下脚步，双手稳住车把，一时不知该如何是好？

　　这时，头顶上有雀鸟飞过，一个小小淡淡的黑影从如因法师的袈裟上划过，然后，竟有鸟屎落下，不偏不倚，正好落在如因法师的光头上。

　　众人见状面面相觑，纷纷转头，看看池上的罗汉，再看看板车上的如因法师，头顶皆有鸟屎，原本只剩十七尊塑像的放生池，今日倒像凑足了十八罗汉了。

　　于是罗汉脚们再也忍不住了，纷纷抛下手上的东西捧腹大笑起来。

　　建兴仔也狂笑不已，只是不敢松手，仍然紧握着车把，害得跌坐板车上的如因法师也只好随着众人的大笑声一齐左摇右摆起来……

贵妃观音

　　建兴师傅是罗汉埔矮厝巷的传奇人物，从九岁开始为佛像打底色女漆线算起，一直到三十五岁那年才真正做（卖）出去他的第一尊，也是最后一尊木刻佛像，便是贵妃观音。

　　这尊贵妃观音原本供奉在雕刻店对面大悲寺正殿"慈航普度"匾额下方的佛桌上，高五尺一，采菩萨坐像，法相既美艳又庄严，见者无不啧啧称奇，因而终年香火不断，声名远播。

　　那年，建兴仔刚来到雕刻店的第一天看见满脸通红的关公像，便吓得连哭一个礼拜，老雕刻师傅国彰仔也拿他没办法，只有天天买碗粿给他边哭边吃，心想，怎么收了个这么胆小的笨徒弟啊。国彰师傅从小不良于行，必须挂双杖才能行走，因为终身未娶，于是老来才收了这个无父无母的小徒弟，准备将来养大了继承雕刻店，还有，送自己上山头。没想到小徒弟来了之后天天号哭，哭得他心烦不已，差一点就打算把建兴仔送去给对面大悲寺的净业老和尚当小沙弥。

第八天，国彰师傅正打算找老和尚商量此事时，建兴仔突然不哭了。

这都是小月娘的功劳。

小月娘是雕刻店隔壁月娘的独生女，小建兴仔一岁，那天早上她陪祖父到菜场买菜，回家的路上，祖父给她买了一串鸟梨仔糖[1]边走边吃，长长的一串直到走回家时都没吃完。听祖父说隔壁雕刻店来了一个爱哭的小徒弟，嘴里塞了碗粿都还能哭得比母猪更大声，小月娘心里很是稀罕，一时兴起，便像只小白文鸟似的拿着半串鸟梨仔糖蹦进雕刻店里去了。

"阿国伯仔，爱哭仙仔在叨位[2]？"小月娘一进门就冲着正在一大块樟木台上为神像的粗胚打黑线的国彰师傅追问起来。

国彰师傅放下手上的墨斗，朝活泼可爱的小月娘使了一个眼色，告诉她建兴仔不正在入门右手处的小茶桌边吗？

---

1 鸟梨仔糖：冰糖葫芦。
2 叨位：哪里。

小月娘脚尖一旋往爱哭鬼建兴仔走去。

建兴仔眼底浮着一层湿答答的泪水，看见有一个小小的人影朝他走来，走近他时，手上还不知拿着一串什么亮亮圆圆的东西伸到他面前，于是很熟练地用袖子在脸上抹一下，同时抹去了一把眼泪和一把鼻涕。一张开眼，建兴仔就看见半串闪闪发亮的红色糖珠子穿在一枝小竹棍上伸到他面前，拿棍子的人好像在测验自己是不是瞎子似的，还轻轻地把圆鼓鼓的糖串从左到右，又从右到左挥了几下。

建兴仔的小鼻子跟着那串鸟梨仔糖摆过来，又摆过去，眼珠子射出两道光来，仿佛开了天眼一般。

"你就是爱哭仙仔？"娇滴滴的糖球后面有一张白净可爱的甜甜小脸说。那对黑白分明的大眼珠比红油油的糖珠子还要轮转晶亮。

建兴仔点点头，鼻孔里又滴下半条雾茫茫的鼻水来。

"乎你。"小月娘按住小竹棍子的尾巴交给建兴仔。

"要乎我吃哦？"建兴仔把鼻水吸回到头顶上去。

小月娘点点头，露出两个很尖的小酒窝。

妾过小竹棍，建兴仔轻轻在红色的鸟梨仔糖球上舔了一口、一口，又一口。

"用咬的！"小月娘双手叉在腰上。

建兴仔接获命令，很舍不得地在最上方的那颗球果咬下一口，一小片糖皮屑掉到地上，他赶快蹲下去用手指头往上一按，抹进湿答答的嘴巴里。

小月娘看了哈哈大笑，国彰师傅也笑弯了腰，只有建兴仔愣着一张大嘴巴不知道大家在笑什么。

吃了鸟梨仔糖串之后，建兴仔再也不哭了。从此，每当他看见架上的红脸关公时，就好像看到了小月娘手上那串红泔油的糖球，不但不觉得害怕，反倒备感亲切可爱，巴不得能让自己上前咬一口就更好了。

小月娘初次见识到爱哭鬼建兴仔之后，也觉得这个大自己一岁的小哥非常憨傻可笑，于是几乎天天到雕刻店里转来转去，顺便等待机会可以小小折磨一下这个爱哭更爱吃的小邻居。其实，除了雕刻店之外，小月娘似乎也没有别的地方可以玩耍了。小月娘的母亲月娘是罗汉埔的大美人儿，也是喜春楼的头牌酒女，每天都要到三更半夜时才由一辆包月的三轮车将她载回矮厝巷家门口，隔天醒来，已是下午的事了。小月娘不到一岁就没了父亲，家中只有年迈多病的祖父母为伴，每天吃完早餐到下午母亲起床梳妆之间的这段时光，似乎就只剩下吃午餐这件事了。她不喜欢和矮厝巷的那群小孩玩在一起，他们偶尔会笑她母亲是酒家女，还学月娘走路的样子，把屁股扭得像麻花条似的在她面前表演一番。她也不喜欢到打铁仔的、卖豆腐的、搓草绳的和补破鼎的那几个罗汉脚的店里去转，虽然他们很欢迎小月娘去看他们干活，陪他们说说话，吃他们特地买来讨好她的小点心，可是她知道母亲不喜欢他们，背地里，母女俩独处的时候，母亲都叫他们几个是"流猪哥涎的"。每天黄昏，月娘从他们的店门口走过要去喜春楼陪酒时，这群罗汉脚都像牛头马面似的站在屋檐下努力跟她说些肉麻的恶心话，非要说得月娘的脸红到脖子上，他们才觉得不枉此生。

算起来，小月娘可以玩耍的地方，就只剩下隔壁的雕刻店和对面的大悲寺了。

每天傍晚，天顶的月娘刚刚探出一弯朦胧身影的时候，矮厝巷的月娘也就跟着出来了。月娘打扮得妖娇美丽，准备走一段路到喜春楼陪酒接客去了。月娘出门的时候，小月娘总是在自家门口送她，一直到母亲走出巷口不见踪影为止，这一路上，只有老雕刻师傅国彰仔和大悲寺的老和尚净业法师不会巴着月娘说痟狗话，所以小月娘只喜欢他们。

小月娘心中的阿国伯待人非常和气，虽然两腿不良于行，可是笑起来的时候脸上的皱纹好像变魔术一样画出很多图案，有时候看起来像金鱼尾巴，有时候看起来又像桌面上的木纹，非常好玩，所以她最爱往雕刻店里转，去帮阿国伯仔烧水煮茶梗，或是看他雕花堵，为土地公画脸、粘胡须。

至于对面的大悲寺虽然也是个好地方，可是老和尚终年除了诵经做早晚课之外，几乎不发一语。寺里虽然破旧，连尊佛像也无，可是终年香烟袅袅，依然不失庄严清静，好像并不是个适合玩闹的地方，所以小月娘倒是很少走进寺门里去过。

自从小徒弟建兴仔来了之后，小月娘天天吃完早点就往雕刻店玩去，一直到吃中饭了才回去陪祖父母。吃完中饭，又去找阿国伯仔和建兴仔，等到母亲快起来的时间，再急忙奔回家去陪她梳妆打扮，吃一碗四神汤或是油葱粿。自从小月娘天天往雕刻店里去之后，建兴仔就脱胎换骨，变了一个人似的。

　　建兴仔刚来的第一个礼拜的确是差强人意，成天抽抽搭搭地号哭不停，哭声时大时小，婉转曲折还自成一调。打铁仔的到店里来讨茶水喝的时候，看这干干巴巴的爱哭鬼就讨厌，还曾经偷偷从背后走近，将建兴仔的裤子一把拉到小腿上，威胁再哭要把他的小鸟割下来喂狗吃，说完更作势到国彰师傅的工作台上抽出一把最大号的凿刀到磨刀石上去犁那月牙形的锋利刀口，吓得建兴仔两腿打颤，连裤子都不敢拉上来，也不敢去尿尿，到了半夜才尿在裤子里。

　　到了第八天早上，吃了小月娘给的鸟梨仔糖之后，建兴仔不哭了，也不怕关公的枣红脸了。有小月娘在一旁监工，建兴仔的天分立刻发挥出来了。他的眼睛尖，利得跟老鹰似的，可以画三尺长的直线不必用尺；他的手指巧，如是不到三年工夫，就可以刻出透雕的山水花鸟仕女，而且羽栩如生，衣褶裙摆如飘似飞，比例精确、刀法利落，连国彰师傅都不敢再下刀改动。此外，建兴仔还有一项拿手绝活，便是透空接榫的窗花格。一个最简单的刻花窗格至少也得上百个精密的榫头相接，建兴仔做的窗花可拼凑得丝毫不差，不偏不摇，还能变化三四十种不同的吉祥图案，令人叹为观止，连打铁仔的都改口说老雕刻师傅国彰仔这回是押到宝了。

建兴仔觉得这些活计都是为小月娘而做的。做完的东西自然是要交出去的，但是，只要小月娘看了之后称赞几句，建兴仔就觉得一点都不可惜了；只要小月娘坐在一旁看他下刀，那么雕出的花板都活灵活现，松针精神奕奕，仙桃的两瓣长叶子好像刚从树上摘下来的，还沾着清晨的露水。

当年，虽然还只是一个十出头岁的小孩子，建兴仔的心里倒存了不少心事。他希望将来帮小月娘做一个朱漆雕花贴金的梳妆台，除了山水楼阁花鸟云纹之外，还要有许多小抽屉和玻璃镜，做好了送给小月娘，让她高高兴兴地坐在镜台前梳头发，插上银闪闪的发针。

有了梳妆台，自然不能没有洗脸架。建兴仔心中已经打好了底稿，洗脸架最上方采蝠（福）鹿（禄）吉祥图案，挂毛巾的横杠下方安装玻璃镜面，接下来是放肥皂的小抽斗，底下四条兽脚弯鼓腿，出头的部分雕成含苞的牡丹花。建兴仔愈想愈入迷，干脆连乌心石木的红眠床都一并设计好了，因为洗脸架通常都是摆在床沿边的。过年的时候，国彰师傅给了建兴仔一点压岁钱，他拿去买了一条雪白的洗脸巾藏在床底下的藤编皮箱里。

建兴仔来到雕刻店为徒的第四年，国彰老师傅开始传授自己最拿手的佛雕绝活给他时，对面大悲寺的净业老和尚也收了一个没父没母的小徒弟克昌仔。

克昌仔跟建兴仔同年，来的时候也快十三岁了。

老和尚把克昌仔领进寺里的第一天就给他剃发了，不过因为他年纪还小，且未受出家戒，所以虽然成天顶着个大光头，却还是在家人打扮。

说是大悲寺来了个小沙弥，打铁仔的那帮罗汉脚、卖茶的、做油的、国彰老师傅、建兴仔、小月娘还有成天闲着没事干的全都跑来看了。

一堆人全部围在寺门外探头探脑的。

补破鼎的首先打破沉默："老和尚，这个小光头是你生的哦？"

卖茶的阿嫂忍不住跟大伙儿一齐笑出声来，也有几个背着小娃儿混在人堆里的女人咬住舌尖不敢出声的。

补破鼎的见众人被他逗乐了，认为机不可失。他偏过头去跟一个黄毛大丫头说:"你也在跟人笑按怎? 是你生的对啊呸对?"

黄毛大丫头被补破鼎的这一点,赶忙挥动双手摇头道:"呸是我、呸是我……"

"呸是你,要呒敢是我? 一定是你!"补破鼎的欺过身去作势要打,黄毛大丫头急着抱头蹲到地上去:"呸是我、呸是我……"众人见状乐不可支,哈哈大笑。

"阿弥陀佛。"老和尚双手合十念一声佛号。

克昌仔见师父朝众人合掌,于是不敢怠慢,也赶紧合十朝门外一拜。

"免拜,免拜,要拜等我死去再拜。"搓草绳的赶紧侧身闪到一旁去,以免被克昌仔拜到。

"拜就拜,你在惊啥? 人就是要拜看你会过身¹去嗨!"打铁仔的一把抓着搓草绳的衣领,把他拉回到寺门前去,搓草绳的不敢打铁仔的一只铁手臂,整个人差点半吊在空中,众人见状又是一阵哈哈大笑。

"好了啦,呒啥米²好看啦,大家赶紧去做自己的待

1 过身:过世、逝世、死亡。
2 啥米:什么。

志。"老师傅国彰仔拄着一双拐杖说话了，大伙儿才悻悻然散去。

回去店里的路上，老师傅告诉建兴仔说，老和尚领来的这个克昌仔也是一个没父没母的孤儿，要建兴仔将来和他互相照顾。建兴仔很高兴地点点头，觉得自己就要有一个好兄弟了。

小月娘回到家里立刻气呼呼地把刚才克昌仔受人欺侮的那一幕转告给母亲评理了。她说打铁仔和搓草绳的那一帮痞子哥如何又如何地糟蹋人，简直是软土深掘吃人太过。月娘正在镜台前擦粉，难得见女儿如此义愤填膺，便说要带她去吃她最爱吃的什菜面，哄她别再生闷气了，可是小月娘拗起来赌气似的说她什么也不想吃。

克昌仔刚来大悲寺的头一年的确不好过，虽然穿的是在家服，可是头上无毛，顶着一个小光头，走在路上小孩子见着他便自动串成一条人龙跟在他背后，一边学他走路，嘴上还直喊："金龟仔来了！金龟仔来了！"大人们就更折磨人了，不管相熟不相熟的，见着克昌仔打从身边经过时，好像彼此约好了似的一律伸出大手往那油亮的后脑勺上乜一巴掌，有时用力过头了，克昌仔还会感到一阵眼冒金星，分不清东西南北。到了后来，累积的经验多了，只要见来人是谁，克昌仔便大概能猜出对方出手的时机，抢先一步在最后半秒钟闪过那只朝他挥来的大巴掌，像一条小泥鳅似的溜过一劫，只是那失手的人却还心有未甘的，边走嘴里还抱怨着："猴死囝仔，算你好狗运，后摆绝对给你补回来……"

幸好小月娘和建兴仔都向着克昌仔，都喜欢帮忙他。

建兴仔当学徒的工作其实不轻松，要学的功夫也还不少，至少在佛雕这一项上，老师父说没有个十年辛苦就绝对不成。可是一旦建兴仔说要去找克昌仔，老师父就一定叫他去，还要他带点东西去给克昌仔吃，有时是一支麦芽糖，有时也塞点零钱让他们去买豆花吃。

小月娘也喜欢陪建兴仔一起去大悲寺找克昌仔，因为克昌仔跟老和尚一起吃素的，所以小月娘还会特别交代母亲从酒楼里带回一些酒客剩下来的红豆麻糬或是花生米给克昌仔吃。除了吃的，小月娘和建兴仔也经常帮忙克昌仔打扫大悲寺后面的罗汉池，连扫帚都是从自家以及雕刻店里带着来的。浴佛节的时候，克昌仔得去做油厂借一把大竹梯子，好把寺里寺外的两块匾额抹干净，这时，小月娘就会自告奋勇领着两人前去，由她开口借。小月娘生得模样可人，嘴巴也甜，做油厂的工人都乐意把竹梯子借给她。借好了竹梯子，小月娘指挥若定，克昌仔和建兴仔一前一后把长长的竹梯子搬回去，清理完匾额，又一起送回去。

有一次，三人一齐在罗汉池畔撒米糠喂池里的放生龟，克昌仔说他长大以后要完成老和尚的心愿，为寺里请回一尊观音佛祖来供奉。老和尚一生清静修持，安贫乐道，唯一缺憾便是寺内缺了一尊供人礼敬的正殿佛像，所以，克昌仔的心愿便是想要完成净业老师父的心愿。建兴仔在一旁听了很来劲，他说自己正在修学佛雕的技艺，将来学成了，就可以帮克昌仔做一尊气派辉煌的大佛像了。可是，他听国彰师傅说，那样的佛像选料要大、要好，贴金与配仵更是不能少，真要做起来造价可不小。说完，两人皆感气短，一时沉默无语。在一旁的小月娘快人快语，她说造像的钱没问题，由她一手包了，一副大好业人[1]的模样，三人相视大笑。

如是春去秋来，好些年过去了，小月娘已经长得亭亭

1　好业人：有钱人，钱财充裕、生活富足的人。

玉立，取代了她的母亲月娘，成为罗汉埔的第一号大美人了。她还是经常帮克昌仔的忙，陪他赶在菜市场收摊前，去跟菜贩要一些残茎破叶，装在一个竹提篮里带回大悲寺好节省开支。克昌仔这时也已十七八岁了，生得相貌端正，颇具文雅之气，和小他一岁的小月娘一起出现在市场里时，菜贩子们少不了将他们捉对调戏一番，好像随时准备闹洞房似的。

这年，克昌仔来到大悲寺已经五年了，每天跟着老和尚诵经持咒，现在也能自己做早晚课，或是到邻镇他乡去为往生者助念了。

小月娘到大悲寺去的时候越来越多，到雕刻店去的时候就越来越少了，建兴仔知道，他为小月娘设计的洗脸架和梳妆台大概永远只能放在心底了。

菜市场里的阿嫂们闲来掐指一算，这也该到了克昌仔正式剃度出家的时候了，便有人为小月娘着急起来，于是有好事者找上了月娘，在她耳边嘀咕了几天，继而替没父没母的克昌仔做起媒人来了。

月娘同意了，可是，谁敢跟老和尚说去呢？

全罗汉埔最大胆又厚脸皮的公认就是打铁仔的，卖菜的阿嫂跟他说去了，打铁仔的想想来人说的话也有道理，这克昌仁的光头从小到大不知道被自己甩过多少响巴掌，这回也该做一次还给他了，于是一铁锤敲在铁砧上喷出几颗火星，说这事找他就找对人了。

话说得很饱，可真要上和尚庙提亲去，打铁仔的想起来还是心里七上八下的。

隔天，打铁仔的把炉火烧得旺旺的，可是连把杀鸡的小刀也打不出来。他左思右想，就不知道该如何走进大悲寺旦开这个口，于是就找了卖豆腐的、搓草绳的和补破鼎的这班仔兄弟到雕刻店里找国彰老师傅商量去。

"阿国师，你是读过册的人，我是不识字搁兼没卫生，你看这待志要按怎才会好势好势[1]？"打铁仔的以茶代酒，敬了国彰老师傅一杯。

"按怎？你打铁仔的不是呒惊[2]半项吗？有什么好参详的，直直给他走进去，该讲啥就讲啥，要惊啥？"补破鼎的说得倒轻松。

---

1 好势：事情顺利推演。

2 呒惊：不怕、不畏缩、不胆怯。

　　"你在哭铁¹哦？吃紧弄破碗²，好干你自己去讲看迈。"
卖豆腐的颇不以为然。

　　"谁叫你要答应帮克昌仔讲话，应该死好啦，要呔我看
按逗³好啦，你去跟月娘讲，算我搓草绳的卡吃亏，我来娶
伊小月娘好了啦！"搓草绳的两手一摊故作无奈状，见无人
理他，于是转过脸去看看打铁仔的，打铁仔的见搓草绳的
把一张老脸凑近自己，心底很是厌恶，不禁从丹田里发出
一声："干。"搓草绳的又把脖子缩回来歪到补破鼎的面前
去，抹抹脸说："我知，干，对唔？"补破鼎的双目紧闭，
状似拈花微笑，摇摇头："呒对，我干恁老岁仔啦！"一颗
口水沫子喷到了搓草绳的鼻尖上。搓草绳的人小志气高，
正起身挽袖作势要拚，老雕刻师傅国彰仔说话了："恁大家
呒通斗嘴鼓⁴，紧想办法卡重要。"

　　建兴仔没有加入他们。他坐在自己的工作台边刻他
的窗花，这群人七嘴八舌的话全都像针一样刺进他的耳朵
里，刹那间，他仿佛看见打铁仔的那班家伙冲进了他的胸

1　哭铁：粗俗的骂人语。以人因饥饿而吵闹的比喻，来骂对方无理取闹。

2　吃紧弄破碗：吃饭吃得太快，反而把碗打破，指欲速则不达。紧，快、迅速。

3　按逗：这样、如此。

4　斗嘴鼓：斗嘴或争辩。

膛里．把他放在心上的那一架八脚红眠床拆得七零八落搬定了．连个蚊帐钩也没留下。

想来想去，还是想不出个好办法，最后只好由国彰师傅翻黄历帮打铁仔的选个提亲的好日子，算是帮他壮壮胆吧。

建兴仔失眠了。他怪卖菜的阿嫂多管闲事、打铁仔的自告奋勇，他气自己生得不如克昌仔相貌堂堂一表人才，他怨自己的师父没有帮他设想未来讲几句话。

建兴仔对小月娘朝思暮想，刻出来的头像都像小月娘，国彰师傅看了摇摇头，说这法相不够庄严，更别说具足三十二相八十种好了，这样的东西做不出去，会砸了招牌，于是要建兴仔把木雕像改小重刻，依然没效。重刻出来还是像小月娘，美艳有余，沉静不足，世俗气过重。建兴仔一筹莫展了，他从当学徒开始便表现突出，宛如雕刻神童，现在遇到了佛雕神像才知道一山还有一山高，而自己好像永远只能站在这山望那山了。

到了选定提亲的黄道吉日，打铁仔的特地起了个大早．洗了澡，再到剃头店里剪发刮胡修面，连耳垢都掏干净了，才换了一身干净的衣服准备到大悲寺找净业老和尚提亲去了。临行前，众人都为他加油打气，除了建兴仔。那天，一大早，建兴仔就独自一人出门去了。他到过去和小月娘、克昌仔常常一起前去的罗汉池边去，看天上的云，看池边的杨柳，看假山浮石上的乌龟，看趺坐池中的十八罗汉塑像和水中的倒影。中午的时候，他走到菜场边的面摊子，叫了一碗小月娘最爱吃的什菜面。面端来了，他半天也没动筷子，直到面汤上的热气冒完了，碗里的青菜变黄了。卖面的老板见了生气，把他赶走了，钱也不要了。

打铁仔的终于一鼓作气，走进大悲寺里找老和尚把事情说了。老和尚闻言双手合十，念了一声"南无阿弥陀佛"就走到佛桌前一拜，趺坐合掌，不发一语。克昌仔在一旁见状脸色发白，打铁仔的则是满脸通红，像烧炭似的，再也说不出半句话来。

老和尚这一坐便是三天三夜未起身，不吃不喝不倒单，直到克昌仔在佛前跪地求忏悔为止。

打铁仔的无功而返，矮厝巷的叹息声此起彼落，听在建兴仔的耳里恰像放烟火般光明灿烂暖烘烘的，他仿佛看见心底的那架红眠床又悄悄组合成形了。

　　隔年，克昌仔正式出家，法号如因。从此，这事便没有人再提了。

　　头一年，小月娘还会到雕刻店来坐坐，闻闻樟木屑的香味，帮国彰伯仔烧水看火。后来，小月娘渐渐也不太出门了，建兴仔喝茶的时候，经常望着杯口朝下的那个小月娘常用的茶杯发呆。

　　日子一天天地过去了，建兴仔也算是出师了，只是他的佛雕技艺始终得不到国彰师傅的认可，他告诉建兴仔，刻佛像跟刻人像是不一样的，人像求其生动活泼，佛像讲究清静庄严，令人心生崇敬，建兴仔听进去了；他要建兴仔于雕刻佛像期间持斋茹素，建兴仔照做了，可是依然不见改善，刻出来的头像仍旧酷似小月娘，难脱红尘习气。国彰师傅很希望把建兴仔的毛病改过来，那么以他不世出的巧雕技艺，将来必定还要强过自己许多。可惜，国彰师傅来日无多了，在他有生之年，还是没能看到建兴仔雕出一尊令他满意的作品。

　　一个寒冬的夜晚，老雕刻师傅国彰仔在肖楠板上睡去之后便不再醒来了，隔天早晨建兴仔发现的时候，老师父已经手脚弯曲缩成一团，身体也已冰凉多时了。国彰师傅才下葬没多久，老和尚净业法师也道成圆寂，坐在佛桌旁的禅椅上往生西方了，除了残破的大悲寺和罗汉池之外，只留下了微薄的香油钱和一幅写着"勇猛精进勿使退转"的墨宝给如因法师。

隔年夏天，月娘也出事了。某日深夜，月娘不知是与人拚酒还是遭人下药，竟然倒地不起，被喜春楼的人叫三轮车抬回来了。那天晚上，小月娘的哭声一直持续到月沉日升都还不止。

建兴仔很希望自己能照顾隔壁小月娘一家四口的生活，可是他的佛雕风评不佳，一般人家恐怕邪门，都不敢将那美艳慑人的佛像请回去供奉，连带地花板窗格的生意也大受影响，眼下养活自己都很勉强了，要拿什么来照顾人家呢？

如因法师谨遵师训，持戒清静，安贫乐道，对于小月娘一家也是莫可奈何。

幸好月娘倒下来之前还存下了不少银钱，接下来的日子，小月娘还可以勉为过活，照顾老祖父母，和终年卧病在床的母亲月娘。

如是又过三年，也不知什么时候小月娘家也就走到山穷水尽的地方了，就在此时，喜春楼的老鸨子推开了小月娘的房门，说动她到酒楼去陪客了。

小月娘到喜春楼挂牌之后轰动一时，立刻被罗汉埔的大有钱人林大柿的金孙林大手给包了，并且宠爱有加，继而觅地建屋，风风光光气气派派地将小月娘迎娶入门，过着与世隔绝的日子。

十多年过去了，这些年来，建兴仔成了菜脯寮私娼馆的常客，辛辛苦苦攒下的一点工钱，全部孝敬了老娼头。如医法师跟建兴仔同年，也三十五岁了，依旧安安分分守着大悲寺，靠捡拾菜场的破叶和一点微薄的香油钱度日。

这一年，小月娘病了，病得不轻，林大手遍寻名医束手无策，看着美人日益憔悴，心底又急又恨。

有一天，大悲寺来了一个衣着极为体面之人，正是林大手。林大手告诉如因法师，他要在大悲寺捐一尊观音雕像，为得了怪病的妻子积德祈福，唯一条件是越快越好，所费银钱不必担心。如因法师一听，知道这是小月娘的主意，于是上雕刻店去找建兴师傅参详。

建兴仔闻讯悲从中来，含泪应允。两人说好以上好红樟为材，日夜赶工，两周之内完成，尽速开光安奉。建兴仔交代这段时间内，请如因法师做好素菜为他送来，每日早晚两餐，直到完工为止。

头一个礼拜，建兴仔为佛像打好粗胚，除了头像以外的部分也已经修光上底色，但是一旦要动刀刻脸时，脑海中浮现的总是小月娘的面容，于是竟一刀未下，半筹莫展……

事隔不知多少年，建兴师傅一生之中唯一完成的这尊佛像早已不知去向了。建兴仔和如因法师都过世了，雕刻店和大悲寺早已成残垣断壁，寺后方的罗汉池现在杂草丛生，蚊蝇聚集，草叶杂树间零星的一两尊罗汉塑像也早就模糊难辨了。如因法师晚年的时候并没有像当年的净业老和尚那样领一个没父没母的小沙弥来传授如来家业，而建兴师傅据说是每下愈况，贫病以终的。

这尊当年名噪一时的观音雕像究竟是如何完成的？又生作什么模样？就只留下一些片断的传说而已。

传说当年建兴师傅正半筹莫展、无从下刀时，第二个礼拜的头一天，林大手派遣家丁来报，说是小月娘已于昨日深夜过世，并且送来后谢的工钱，其余未置一词。

矮厝巷的老人说，当年建兴师傅闻讯泣不成声，本欲停上雕像，如此三日，忽然于夜半梦中见小月娘一身红衣红鞋前来道别，状似有话要说，却又嗫不能言，泪流满面。建兴师傅醒来大恸，焚香煮茶，观音头像竟连夜刻成。

都说这尊木雕观音采菩萨坐像，高五尺一，眉形如新月之弧，伏目静好，眼观鼻，鼻观心，心观自在，通身金箔辉煌璎珞华丽，美艳绝伦却又庄严异常，温润中还透出一丝冷寂，见者莫不心生恭敬、啧啧称奇。

大悲寺正殿雕像完成之后，一时声名远播，参拜者络绎不绝，于是有许多人前去雕刻店欲请佛像，然皆被建兴师傅婉拒，表示无能为力，不可再得。

建兴师傅晚来随如因法师持斋念佛，仍做在家人打扮，先如因法师两年去世。死后，如因法师为其火化，仔细检视骨灰，并无舍利。

如因法师圆寂后由邻乡他寺的方丈法师主持火化，欲寻舍利，亦无所得。

后来，建兴师傅的木雕观音究竟流落何方，众说纷纭。有人说当年如因法师道成西归之后，先是移祀他乡寺庙，后为私人典藏。

　　也有邻乡寺僧指出，建兴师傅的观音造像形似宋代以后特有的女性造型，世俗意味浓厚，相传是模仿唐代杨贵妃的相貌姿态制作的，俗称贵妃观音，古已有之。

写作《猴子》与《罗汉池》的二三回想

关于《猴子》

《猴子》是写我这个世代对青涩爱情的回忆。

我出生于1966年，这个世代有很多共同的记忆，譬如大同宝宝、露天电影，以及男女分班。当朦胧的爱情意识在我们心中迅速萌芽的时候，"异性"是我们生活中最大的违禁品。我们接触不到爱情，色情更是遥远；我们的人生被拉出一条清楚的铁刺网——在考上大学以前，世上没有爱情这种东西。或许真的没有，但是我们竟然没有机会知道。

因此爱情变得更珍贵。

在《猴子》这个中篇故事里，叙事者"我"就站在这个被透明玻璃隔绝的角落里发出沉默的手语，当然，没有听者。

第一篇《雨》将下雨天待在屋里望着雾蒙蒙玻璃窗外的青境，转注为爱情启蒙之后的漫长等待。因此，在《雨》中，"我"的投射对象其实是邻家小女生梁羽玲的母亲吕秋美——一个嫁给退伍军人的年轻少妇。"我"隐隐意识到吕秋美和自己一样留守在内心对爱情的深深渴望里，而这个世界仿佛永远在下雨，窗外一个人都没有。"我"因而对雨天感到亲切，恰如其分，直到某一天，吕秋美终于决定为爱出走，"我"是唯一的目击者，"我"感到无限惆怅，因为不再有人陪我一起等待，我的心中下起一阵骤雨，即使那是一个阳光灿烂的夏日午后。于是，在结尾的地方，"我"走到梁羽玲的房间纱门外，不知该如何告知她的妈妈已经离家出走了，心急之下，于是脱口而出："下雨了。"

第二篇《猴子》写"我"的国中阶段。童党好友荣小强就读寄宿学校之后，对爱情采取一种近似收集战利品的态度，而他的下一个目标，就是在"我"心中有无比恋慕之情的梁羽玲（在"我"的禁区里）。偏偏梁羽玲也渴望着从荣小强身上得到理想的爱情，而"我"竟然是必须居中为两人传情达意者……

梁羽玲因为受排球校队的小太妹利用，在体育场的厕所以"烧完一支火柴的时间让男学生看下体"的方式，每次赚取五十元，在当时，对一个国中生来讲，是不小的钱。最后，"我"似乎要对抗命运似的，偷了母亲皮包里的五十块钱，走进里面有梁羽玲的那间厕所，在一种极难堪的情况下很阿Q地、很悲哀地短暂拥有了（先荣小强一步）一份近乎自欺的亲密感，希望来日回想起来，那份青涩但美丽的情愫可以留下印记，不致空无一物……

　　在此，色情反而是"我"用来接近爱情的唯一办法——幸好色情与爱情只有一线之隔，"我"于是想到自己可以尽量站在它们的交界线上。

关于《罗汉池》

　　《罗汉池》表面上也是一个关于初恋和暗恋的故事，分为《月娘》《罗汉池》《贵妃观音》三篇，借着由来已久的"贵妃观音"这个观世音菩萨经典造型之一，我也想对"艺术品可以有多好？"这个很重量级的问题做一番揣想。"贵妃观音"又称"杨贵妃观音"，顾名思义，是唐以后才出现的造型。更早以前，观音大致上是男身，与美艳自然无关，而后因为观音"闻声救苦"的母性特质，渐渐才出现女相，又渐渐演变出丰腴美艳的"贵妃观音"造型。有趣的是，"宗教的庄严之美"在此造相中与"女性的形象之美"融为一体，同时受到崇敬，也许，世人觉得它们同样珍贵、难得吧！因此，"艺术品可以有多好？"这个问题如果有答案的话，似乎也可以用来回答"爱情可以有多好？"这个问题。

　　这也让我联想到，"宗教"与"爱情"同样追随者众，同样"层次"丰富，当匠心独运的雕刻家（艺术家）把这两个原本泾渭分明，一个"出世"，一个"入世"，方向原本相背的命题巧妙合而为一的时候，宗教可以像爱情一般深情，爱情也可能像宗教一般无私；而这个境界，或许也就是多年以前第一个刻出"贵妃观音"造型的雕刻家所深刻期许于后世（或来世）的吧？果真如此的话，关于"爱情"，我目前已想象不出比这个更出神入化的"艺术品"了。

台湾常用方言简表

1画

一枝草一点露：有草就有露水，指天生我材必有用。

4画

天公伯仔：老天爷。

歹成子：不良少年、小混混。

水当当：形容非常漂亮。

夭寿骨：骂人用语。天寿是短命早死，并且被引申为不满、惊讶，或是过分、恶毒等其他意义。天寿骨的程度更强。

月娘：月亮。

斗嘴鼓：斗嘴或争辩。

5画

卡：比较、更，或是"再怎样也……"。

卡恬咧卡无蚊：保持安静就比较不会受到蚊子的侵扰，比喻不说话就没事。

叨位：哪里。

鸟梨仔糖：冰糖葫芦。

乎：给。

半暝：半夜、深夜。

6画

老岁仔：指称年长者的说法，通常带有轻蔑的意味。

老岁仔搁会剥土豆：老了还能吃花生，引申为老当益壮。
土豆，指花生。

过身：过世、逝世、死亡。

阮：我们、我、我的。

吃饭配菜脯，存钱开查某：吃饭配萝卜干，省吃俭用，却
拿钱去嫖妓。

吃紧弄破碗：吃饭吃得太快，反而把碗打破，指欲速则不
达。紧，快、迅速。

囡仔：小孩子，也作团仔。

后世人：下辈子、来世、来生。

后摆：下次、下回，或是将来、未来。

创：做、弄。

好业人：有钱人，钱财充裕、生活富足的人。

好势：事情顺利推演。

米酒头仔：米酒头。用米类所酿造的酒，纯度为35%，一般
　　　　比米酒高，可以用来饮用或入药。

7画

时阵：时候。

呒：没有、不；也表示语气转折，有"要不然"的意思；
　　或是当作句末疑问助词，用来询问是或否、有或无
　　等，多读为轻声。

呒惊：不怕、不畏缩、不胆怯。

呸：表示否定。

呸通：不可以、不要，是一种语气较委婉的劝说或请求。

8画

拢：都、皆、全部。

昤嘛：如今、现在。

呣：表示疑问的语末助词。

罗汉脚仔：单身汉，指过了适婚年龄而仍未结婚的男子。

知影：知道、懂得。

9画

查某：女人、女性、女生。

查某囡仔：对年轻女生的泛称。

按逌：这样、如此。

按怎：怎么、怎样。通常用于询问原因、方式等，有时也
　　　含有挑衅的意味。

牵手：太太、老婆。

待志：事情。

将才：将相器，具有为大将宰相的才能，是能担当大任的
　　　人。或是形容身材高大挺拔、魁梧。

10画

哭饿：粗俗的骂人语。以人因饥饿而吵闹的比喻，来骂对
　　　方无理取闹。

𣍐：不。否定词。

凉亭仔脚：骑楼。成排的建筑物在一楼靠近街道部分建成

的走廊，为多雨地区发展出的建筑样式。

流猪哥涎：特指好色之徒见美色而流口水的样子。

11画

娶某：娶妻子。

菜脯：萝卜干。

啥乂：什么。

做伙：一起、一块儿，或是生活上的接触、往来。

猪哥：好色的男子。

12画

搁：又、再、还，或是反倒、出乎意料。

缘投：形容男子长相英俊、好看。

痟狗：染病发疯的狗，有时用来骂人。也指垂涎女色或者
意图骚扰侵害女性的好色之徒。

15画

糊仔：糨糊。

袁哲生生平写作年表

1966

2月9日出生于台湾高雄县冈山镇（今高雄市冈山区）

1987

《开学》获第7届台湾"学生文学奖"大专小说组佳
作　6月刊于台湾《明道文艺》第135期

《庆叔的脚踏车》获第6届台湾"华冈文艺奖"小说组
第3名

1994

《送行》获第17届台湾"时报文学奖"短篇小说首奖

完成硕士论文《生活的雕塑家：梭罗〈湖滨散记〉之
诠释》（台北：私立淡江大学西洋语文研究所）

1995

《雪茄盒子》获第7届台湾"'中央'日报文学奖"小

小说奖第2名

发表《袁哲生的创作观》，收入张芬龄编，《八十三年短篇小说选》（台北：尔雅出版社）

12月出版短篇小说集《静止在树上的羊》（台北：观音山出版社）

1997

4月14日发表书评《后天免疫不全流浪症候群——评介蒋勋〈岛屿独白〉》于台湾《联合报·读书人周报》47版

6月23日发表书评《哈姆雷特不宜复仇？——评介成英姝〈人类不宜飞行〉》于台湾《联合报·读书人周报》47版

8月30日发表《创造与鉴赏（外二帖）》于台湾《联合报·副刊》41版

1998

《没有窗户的房间》获第20届台湾"联合报文学奖"短篇小说评审奖

3月14日发表新诗《移动（外一首）》于台湾《联合报·副刊》41版

4月29日发表《启动乡愁的窗口：阅读四月份网路小说接力》于台湾《联合报·副刊》41版

7月10日至12日发表小说《最快乐的一天》于台湾《联合报·副刊》37版

8月8日发表新诗《湖》于台湾《自由时报·副刊》41版

11月9日发表书评《转述梦境的孩子——评介陈璐茜〈噪音公寓〉》于台湾《联合报·读书人周报》48版

11月27日发表《得奖感言：盛夏午后的相遇》于台湾《联合报·副刊》37版

1999

《秀才的手表》获第22届台湾"时报文学奖"短篇小说首奖

5月出版短篇小说集《寂寞的游戏》（台北：联合文学出版社）

7月16日发表新诗《暗房》于台湾《"中央"日报·副刊》22版

8月发表《复归结绳记事》于台湾《幼狮文艺》第548期

9月6日发表书评《崩溃的喜悦——评介弗里德里西·

托贝格〈骑马师提欧的最后一场比赛〉》于台湾《联合报·读书人周报》48 版

11月发表《窗景》于台湾《讲义》第152期

2000

5月30日发表《不安的戏论：五月份网路征文评选报告》于台湾《联合报·副刊》37版

8月出版中短篇小说集《秀才的手表》（台北：联合文学出版社）

8月21日发表书评《美国南方之光——评介约翰·福克纳〈比尔大哥〉》于台湾《联合报·读书人周报》48版

8月23日发表《人生低温加速时》于台湾《中国时报·人间副刊》37版

10月23日发表书评《下面就没有了——评介椎名诚〈中国鸟人〉》于台湾《联合报·读书人周报》48版

12月27日发表书评《遗忘与宽容——论黄春明小说〈放生〉》于台湾《自由时报·副刊》39版

2001

2月12日发表书评《众色之声，分轨而行——评介几米〈地下铁〉》于台湾《联合报·读书人周报》30版

9月17日发表书评《逃吧，影子——评介鲁西迪〈哈乐与故事之海〉》于台湾《联合报·读书人周报》30版

12月出版《倪亚达1——真是令人不屑!》（台北：宝瓶文化）

2002

《猴子》获第33届台湾"吴浊流文学奖"小说奖正奖

1月3日发表《本能》于台湾《联合报·副刊》37版

1月出版《倪亚达脸红了》简体中文版（北京：中国社会科学出版社）

3月出版《倪亚达脸红了》（台北：宝瓶文化）

7月出版《倪亚达fun暑假》（台北：宝瓶文化）

10月出版《倪亚达很不屑》简体中文版（北京：中国社会科学出版社）

2003

1月出版《倪亚达fun暑假》简体中文版（北京：中国社会科学出版社）

3月出版《倪亚达黑白切》（台北：宝瓶文化）

7月5日发表《像我的国小同学》于台湾《中国时报·人间副刊》E7版

8月8日发表《大提琴音色般的朋友》于台湾《中国时报·人间副刊》E7版

9月出版中篇小说《猴子》《罗汉池》（台北：宝瓶文化）

10月12日发表书评《为了浅尝一口诱人的情爱——评介吉·格飞〈欲望初绽的夏天〉》于台湾《中国时报·开卷》B2版

2004

3月14日发表《小说家看小说100票选：谁决定作品的"能见度"？》于台湾《联合报·副刊》E7版

3月16日发表《时间感（外一篇）》于台湾《联合报·副刊》E7版

4月5日辞世，得年39

4月11日书评《不久前的美好——评介东尼·帕森斯〈男人与情人们〉》刊于台湾《联合报·读书人书评花园》E5版

3月《袁哲生"未发表笔记"摘要》刊于《诚品好读》第43期

5月18日小说《盗伐者》刊于台湾《新台湾新闻周刊》第406期

2005

3月台北宝瓶文化代为出版纪念文集《静止在：最初与最终》

4月《小说的叙事结构》刊于台湾《幼狮文艺》第616期

图书在版编目（CIP）数据

猴子·罗汉池：袁哲生中篇小说合辑 / 袁哲生著
. -- 成都：四川人民出版社，2018.9
ISBN 978-7-220-10947-8

Ⅰ.①猴… Ⅱ.①袁… Ⅲ.①中篇小说 - 小说集 - 中
国 - 当代 Ⅳ.①I247.5

中国版本图书馆CIP数据核字(2018)第187361号

四 川 省 版 权 局
著作权合同登记号
图进字：21-2018-438

猴子·罗汉池：袁哲生中篇小说合辑

袁哲生 著

选题策划	**后浪出版公司**
出版统筹	吴兴元
编辑统筹	梅天明
特约编辑	范纲桓
责任编辑	王其进　熊　韵
装帧制造	墨白空间·韩凝
营销推广	ONEBOOK
出版发行	四川人民出版社（成都槐树街2号）
网　　址	http://www.scpph.com
E－mail	scrmcbs@sina.com
印　　刷	北京天宇万达印刷有限公司
成品尺寸	143mm×210mm
印　　张	6.25
字　　数	93千
版　　次	2018年9月第1版
印　　次	2018年9月第1次
书　　号	978-7-220-10947-8
定　　价	38.00元